산산이 부서진 이름이여

일제 강점기 강제동원 희생자 유골봉환 초혼가

산산이 부서진 이름이여

안부수

아시아

차례

1부

아버지의 말씀

2012년 겨울은 유난히 추웠다. 한해의 끝자락이 보이는 12월 28일, 천안 국립 망향의 동산에는 며칠 전 내린 눈이 하얗게 덮여 있었다. 삼삼오오 모여드는 사람들은 모두 검은색 정장 차림이었고, 표정은 숙연했다. 리무진 운구차량이 멈춰서고, 태극기를 씌운 유골함을 가슴에 안은 사람들이 천천히 질서정연하게 움직였다.

일제 강점기 강제동원 희생자 유골 36위 안치 추모행사가 열리는 날이었다. 유골은 일본 후쿠시마(福島) 탄광에서 발굴, 수습돼 도쿄 하네다(羽田)공항을 거쳐 그리운 고국으로 돌아왔다. 2009년 8월 25일 시즈오카(靜岡) 광산 희생자 유골 110위 봉환, 2010년 11월 23일 후쿠시마 탄광 희생자 유골 31위 봉환에 이어 세 번째 행사가 열리는 날이었다. 2009년부터 세 차례에 걸쳐 강제동원 희생자 유골 177위를 천안 망향의 동산에 모시게 된 것이다.

망향의 동산까지 오는 동안 여러 곳에서 크고 작은 도움을 주었다.

김포공항에 운구 자원봉사를 나온 안산 중앙중학교 학생들, 운구차량 호위를 해준 경기지방경찰청과 충북지방경찰청, 안치 추도행사경호 등의 지원을 해준 퇴직 경찰관 모임 경우회 등이 일본 오지에서돌아온 희생자 유골을 따뜻하게 맞아 주었다.

나는 추위에 아랑곳하지 않고 추모 행사에 참석한 분들과 행사장입구에서 인사를 나누었다. 일본에서 먼 길을 마다않고 달려온 분들도 있었다. 노구에 불편한 몸을 이끌고 평화통일운동에 헌신하고 있는 구말모 선생이 참석한 것은 그지없이 고마운 일이었다. 잠시 눈덮인 망향의 동산을 물끄러미 바라보았다. 이역만리에서 고향을 그리워하는 조상들의 혼백이 흰 눈이 되어 내린 듯했다. 푸른 겨울하늘을 배경으로 그동안 지나간 일들이 주마등처럼 펼쳐졌다.

나는 2004년 강제동원 희생자 유골 봉환사업에 뛰어든 후로 일본·중국·사할린·필리핀·태국·마샬제도·미크로네시아(南洋群島) 등 희생자 유골이 있을 만한 곳은 거의 모두 찾아다녔다. 일본을 비롯한 해외에 수백 차례 방문했으며, 1년에 6개월 정도 일본에 있어야 했다. 고향의 땅으로, 가족의 품으로 영영 돌아오지 못한 한인들은 어떤 곳에서 강제 노역에 시달리다 불귀의 원혼이 되었겠는가? 탄광이었고비행장이었다. 산골 오지였고 머나먼 섬이었다. 나는 동지들과 수많은 오지와 섬을 찾아야 했다. 야영도 수없이 했다. 죽을 고비도 넘겼고, 협박과 멸시, 냉대를 받은 것은 부지기수였다.

2012년 12월 28일 천안 국립 망향의 동산에서 열린 일제 강점기 강제동원 희생자 유골 36위 안치 추모행사.

학자도 작가도 기자도 아닌 사람이 낯선 나라에 끌려가 억울하게 죽어간 선조들의 유골을 봉환하겠다는 신념 하나로 이 길을 걸어왔다. 엄청난 돈이 들어갔다. 정부나 기업의 지원은 없었다. 그런 것은 애당초 바라지도 않았다. 돈이 부족하면 운영하던 업체를 매각하고 심지어 집마저 처분했다. 미친놈이라는 얘기를 들었다. 사업해서 돈 좀 벌더니 엉뚱한 짓을 한다는 소문이 돌았다. 우리나라 정부 기관에서도 이 일은 정부 간에 진행하는 일이니 나서지 말라고 했다. 정부가 이 일을 잘 해왔다면 왜 보잘것없는 개인이 뛰어들었겠는가.

하나만 보아도 열을 안다고 했다. 하나만 보자. 광복 70주년인 2015년 12월, 대한민국 국회에서는 강제동원 진상규명과 피해조사·지원 컨트롤 타워인 국무총리 산하 대일항쟁기강제동원피해조사 및 국외동원희생자등 지원위원회(이하 대일항쟁기위원회) 폐지가 추진되었다. 이때 일본의 강제동원 진상규명 네트워크 소속 17개 단체와 지식인들은 대일항쟁기위원회 존속 요망서를 주일한국대사관을 통해 대한민국 대통령과 국회에 제출했다. 이것이 강제동원 한인 희생자를 둘러싸고 우리 정부와 국회, 그리고 일본의 의식 있는 시민단체 사이에 빚어진 슬픈 실상이다.

정부가 달갑잖게 여기는 길을 나와 함께 걸어왔던 사람들 중에도 이탈하는 사람이 있었다. 그들을 원망할 수는 없었다. 그만큼 험난한 일이었고 나로서는 충분한 보상을 해줄 수도 없었기 때문이었다. 그렇다. 어쩌면 나는 미친놈일지도 모른다. 미치지 않고서야 어떻게 이런 일을 할 수 있겠는가.

하네다공항에서 비행기에 유골을 실은 후 좌석에 앉은 나는 갑자기 북받치는 감정에 눈물을 쏟았다. 승무원과 승객들에게 미안할 정도로 많은 눈물을 흘렸다. 이래서는 안 된다고 스스로를 달랬지만 소용이 없었다. 때로 이성이 감정을 지배할 수 없지 않은가. 나 자신을 내버려두었다. 어깨를 짓누르는 무게를 감당할 수 없었고, 서러운 마음을 하소연할 곳도 없었다. 여러 사람들이 도움을 주었지만, 나는 이따금 지독한 고독 속에서 한 발 한 발 나아가야 했다.

나를 이 길로 이끈 사람은 아버지다. 아버지는 내가 돌이 되기 전에 돌아가셨다. 그런 핏덩이를 놔두고 어떻게 숨을 거두었는지, 생각만 해도 가슴이 미어진다. 나는 아버지의 고단한 삶을 어머니한테서 들으며 성장했다.

일제 강점기에 아버지는 면서기에게 속아서 후쿠시마 탄광으로 끌려갔다. 2년만 일본에 가서 일하면 적잖은 돈을 모을 수 있다는 말에 넘어간 것이었다. 그곳은 한마디로 지옥이었다. 사람이 살 곳도 일할 곳도 아니었다. 아버지와 동료들은 무차별 폭행을 당했고 임금 착취와 굶주림, 질병에 시달렸다. 허기진 배를 움켜쥐고 지하 1,500미터 막장에서 하루 15시간의 중노동에 시달렸다. 좁은 갱도에 누워 탄을 깰 때 벽이 무너져 내리는 것은 다반사였다. 동료들이 흙더미에 깔려

생매장 되는 것을 수도 없이 지켜봐야 했다. 나이가 어리다고 봐주는 것도 없었다. 눈망울이 초롱초롱한 소년이 감독의 잔인한 구타에 시달리다가 숨을 거두는 모습을 맥없이 바라보기도 했다. 아버지는 그때마다 입술을 깨물며 울음을 참아야 했다. 차라리 죽는 것이 편할 수도 있겠다는 생각을 수없이 하면서도 고향으로 돌아가야 한다는 일념 하나로 목숨을 지켰다.

"고향에 가고 싶다. 고향땅에 꼭 묻히고 싶다."

"엄마가 보고 싶어요. 우리 엄마가……."

"보리밥이라도 배부르게 먹었으면 원이 없겠다."

아버지가 동료들로부터 무수히 들었던 말이다. 그 말을 들을 때마다 아버지는 가슴이 찢어졌다. 그들은 극한의 고통 속에서, 임종이 다가와 말문이 막힐 때까지 고향과 엄마를 찾았다. 그들의 애잔한 눈빛은 아버지의 가슴에 지울 수 없는 화인으로 남았다.

아버지는 막장에서 탈출하기 위해 몸부림쳤다. 경비가 허술할 리 없었다. 첫 번째, 두 번째 모두 실패했다. 돌아온 것은 지독한 매질이었다. 하지만 탈출을 포기할 수 없었다. 지옥의 노예로 있다가는 비참하게 죽음을 맞이할 것이 명약관화했다. 머리를 짜냈지만 삼엄한 경비를 뚫고 나갈 수 없었다. 다행스럽게도 고향 친구 문호가 곁에 있었다. 함께 탈출을 모의했다. 세 번째 탈출을 시도했고 마침내 성공했다. 기적이었다. 절망의 낭떠러지에서 손을 맞잡은 고향 친구 정문호와 함께 구사일생으로 살아났다. 아버지와 친구 정문호는 광복과 함께 고향땅 포항으로 돌아왔다. 아버지가 돌아가신 후 친구인 문호 어른도 병든 몸에 슬픔을 추스르지 못해 이듬해 아버지를 따라가셨다.

경북 포항시 대송면 송동. 아버지는 꿈에도 그리던 고향땅을 밟았다. 하지만 아버지의 기쁨은 오래 갈 수 없었다. 비참하게 죽어간 동료들의 모습이 눈앞에 어른거렸다. 고통스러운 환영은 아버지의 영혼과 육체를 갉아먹었다. 지우고 싶어도 지울 수 없는 기억, 끔찍한 트라우마였다.

그 와중에 내가 태어났다. 3남 5녀의 막내였다. 아버지는 '부관(富官)'이라는 이름을 지어주었다. 좀처럼 웃음이 없던 아버지는 내가 태어나자 세상 살맛이 난다며 아기처럼 순하게 웃었다. 그래서 큰 벼슬을 하여 부자가 되라고 '부관'을 주셨는지 모른다. 아버지의 소박한 행복은 얼마가지 않았다. 자리보전을 해야 할 정도로 강제노역의 후유증이 심각했다. 시름시름 앓던 아버지는 결국 숨을 거두었다. 아버지의 생은 오십이 채 되지 못했다.

"일본에서 같이 일하다 죽은 사람들 얼굴이 자꾸 어른거려. 그 사람들 유골을 찾아 고향땅에 묻어주고 싶어. 불쌍한 사람들……."

정이 많았던 아버지가 말버릇처럼 중얼거렸다고 어머니는 수시로 막내에게 일러주었다. 이 말은 유언 아닌 유언이 되었고, 결국 나의 운명이 되었다.

중학생 때 집안의 돌림자에 따라 '부수(富洙)'라 개명한 나는 순흥 안씨가 본관으로, 고려시대 대유학자 안향이 6대조이고, 안중근·안창호 선생이 선조이다. 이립(而立)마저 흘려보내고 불혹(不惑) 언저리에 닿아서야 아주 지각한 학생처럼 그분들의 생애에 깊은 관심을 기울이게 되었지만, 내 몸에 그분들의 피가 한 가닥이라도 흐르고 있다는 사실이 자랑스럽다.

어릴 때 나는 위인전을 즐겨 읽었다. 어디 가서든 대장을 맡아야 직성이 풀렸다. 한 번 마음먹으면 끝을 보고 마는 뚝심도 있었다. 나이가 웬만큼 들어서는 안중근 의사가 죽음을 맞이했던 뤼순 감옥에 여러 차례 찾아갔다. 그곳에서 그분의 삶과 죽음의 의미를 되새기며, 그분의 사라진 유골의 행방을 찾아보기도 했다.

2004년 유골 봉환사업에 뛰어들다

 유복자나 다름없이 자라난 나는 젊은 날에 거친 방황의 길을 걷기도 했고, 삼십대에는 사업을 해서 돈을 좀 벌기는 했지만 이런저런 세파를 겪으며 돈이 인생의 모든 것이 아니라는 평범한 진리를 깨달았다. 2004년 어느덧 불혹에 접어든 나는 무언가 의미 있는 일을 해보기 위해 궁리를 거듭했다. 이때 나는 비로소 한국 근대의 개화기에 큰 족적을 남겨둔 집안 어른들의 생애와 사상을 흠모하며 깊이 헤아려보곤 했다.

 하늘은 스스로 돕는 자를 돕고, 두드리면 문이 열린다 했던가. 어느 날 문득 어머니가 전해준 아버지의 말씀이 들려왔다. 일본에서 겪었던 일이 얼마나 가슴에 사무쳤으면 그 말을 입버릇처럼 했을까 하는 생각이 들었다. 일제 강점기 강제동원 희생자 유골 봉환. 곰곰이 생각해보니 막막하기 그지없는 일이었다. 상식적으로 이런 일은 정부가 할 일이지 개인이 나설 일은 아니었다. 어디에서부터 일을 풀어나가야 할지도 몰랐다.

아주 사소한 것이지만 용어의 개념부터 확실히 세웠다. 가령, 이 글에 자주 나오는 '유해'와 '유골'의 쓰임새도 구분했다. 희생자의 최후 모습을 칭할 때 '유해'는 화장하지 않고 땅속에 있는 상태이고, '유골'은 화장해서 함에 넣어 보관한 상태이다.

나는 맨 먼저 자료 찾기에 몰두하기로 했다. 부지런히 도서관을 뒤지고 다녔지만 소득은 미미했다. 강제동원이란 일본이 침략전쟁을 본격화하기 위해 아시아태평양 지역에서 시행한 인적·물적 동원과 자금 통제를 말한다. 일본이 전면적인 강제동원을 시작한 것은 중일전쟁을 일으킨 이듬해인 1938년 4월 1일 제정해 5월 5일 공포한 전시수권법(戰時授權法)인 국가총동원법(國家總動員法)을 발효하면서부터였다. 이 법에 근거해 일본 정부는 의회의 동의 없이 일본 본토와 식민지, 점령지 등 모든 지배 지역의 사람과 물자 등을 동원할 수 있게 되었다. 당시 강제동원된 한인은 국내 650만 명, 국외 150만 명, 총 800만 명에 이르며 이중 성동원(위안부)은 약 20만 명으로 학계에서는 추산하고 있다. 그렇다면 수많은 한인 유골이 해외에 있을 텐데 국내에는 그것을 정리해놓은 자료가 부실하기 그지없었다. 한국 정부가 유골 봉환에 대해 얼마나 관심이 없는지 자료를 찾아다니면서 실감했다.

일본으로 눈을 돌렸다. 아무래도 일본에는 자료가 있을 것이라는 예감이 들었다. 지인의 소개로 도쿄대 이영준 박사를 만나면서 활로가 트였다. 이 박사는 한인 강제동원과 관련된 연구를 상당히 진척시켜 놓고 있었다. 그의 조언대로 일본의 도서관, 시청 등을 찾아다니며 많은 자료와 저서를 찾아냈다. 이 분야에 깊이 있는 지식과 정보를 갖고 있는 사람들을 만나 진지한 대화를 나누기도 했다. 나는 그렇게 아버지의 말씀을 따라 느린 황소걸음으로 나아가게 되었다.

역사적 만남이 한 개인의 삶에 큰 영향을 미칠 때가 있다. 그해 12월 17일 노무현 대통령과 고이즈미 준이치로 총리의 정상회담이 그렇다. 일본 가고시마에서 열린 정상회담에서 노무현 대통령은 고이즈미 총리에게 과거사 문제 해결을 위한 일본 스스로의 노력이 필요하다고 강조했고, 고이즈미 총리는 과거를 직시하며 반성할 일은 반성하고 미래지향적 발전을 위해 함께 노력하겠다고 답변했다. 또한 노무현 대통령은 일제 강점기 강제징용으로 희생된 한인 유골 조사 및 봉환을 위한 일본 정부의 협조를 공식적으로 요청했다. 고이즈미 총리는 무엇을 할 수 있을지 신중하게 검토하겠다는 뜻을 밝혔다. 이에 따라 이듬해 5월 한일 정부의 '유골협의체'가 가동되고, 2008년부터 2010년까지 도쿄 메구로(目黑)구 사찰에 보관된 군인과 군속(군무원) 유골 423위를 봉환하게 되었다.

드디어 일제 강점기의 강제 동원에 희생되었던 한인 유골 봉환의 물꼬가 터진 것이었다. 나는 본격적으로 이 사업을 추진할 수 있는 환경이 어느 정도는 만들어졌다는 판단을 세웠다. 이듬해 2005년은 광복 60주년이 되는 해였다. 나는 스스로 이 사업의 명분을 되새기며 의지를 굳게 다졌다. 더 많은 자료를 모았고, 더 많은 사람을 만났다. 어느 순간, 강제동원 희생자 유골 문제에 대해서는 어느 누구와도 대화할 수 있다는 자신감이 생겼다.

여러모로 살펴본 결과, 이 사업은 혼자 할 수 있는 일이 아니었다. 함께 할 수 있는 사람, 즉 조직이 필요했다. 사업 성격상 한국과 일본이 연대를 해야 했다. 일본사람들의 도움 없이는 진행이 불가능한 사업이었다. 그동안 만났던 사람들 중에 믿을 만한 사람을 모아서 2006년 강제동원 한인 희생자 유골 발굴과 봉환을 위한 한일위원회를 출범시켰고, 2007년 태평양전쟁 희생자 봉환위원회로 명칭을 바꾸었다.

이 과정에서 후일 나의 정신적 지주가 되는 미야나가 히토시(宮永等) 회장을 만났다. 그는 일본 사찰 평화사(平和寺) 본산의 회장으로, 강제동원 희생자 유골 실태에 관한 권위자로 정평이 나 있었다. 2004년 노무현·고이즈미 정상회담 후 고이즈미 수상이 미야나가 회장에게 한인 희생자 유골 문제가 잘 해결될 수 있도록 협조를 부탁했다는 얘기가 있을 정도였다. 당시 나이가 팔십이었던 그는 일본 전역에 인맥이 두터웠고 덕망도 높았다.

2006년 7월 나는 미야나가 회장을 처음 만났다. 도쿄 남쪽 시나가

일본 후쿠시마현 이와키시의회 특강을 마친 후 미야나가 히토시와 함께. 미야나가는 일본 사찰 평화사 본산의 회장으로 저자의 정신적 지주가 된다.

와(品川)역 앞에 있는 시나가와 프린스호텔 커피숍이었다. 그분은 비서인 모리타 히토시(森田登)와 함께 나왔다. 표정은 온화했다. 선비 같은 인상을 풍겼다. 나는 그들에게 이 사업에 뛰어들게 된 이유와 그간의 과정을 담담하게 말했다. 진지한 표정으로 나의 말을 경청하며 잘 알겠다는 듯이 고개를 연신 끄덕이던 미야나가 회장이 말문을 열었다.

"일본으로 유골을 찾으러 온 한국인을 처음 만난 게 아닙니다. 그동안 강제동원 희생자 유골 발굴을 하겠다는 한국인과 단체를 수차례 만났지만 그들로부터 책임감, 신뢰감을 느낄 수 없었습니다. 한마디로 믿을 수가 없었고 그래서 도와줄 수가 없었습니다."

나는 부끄러움으로 얼굴이 달아올랐다. 이 사업에 접근하는 동기가 나와는 판이하게 다르다고 해도 같은 한국사람이 아닌가. 일본사람 앞에서 무슨 망신이란 말인가. 다행스럽게도 미야나가 회장은 나의 사업은 긍정적으로 생각해보겠다고 했다. 어떠한 대가나 보상을 바라지 않고, 자료 준비도 성실하게 해온 점을 인정한 것이었다. 나는 고맙다고 정중하게 인사를 했다. 그 후로도 미야나가 회장에게 사업을 도와달라는 부탁을 계속했고, 청을 받아들인 그분은 2006년과 2007년에 조직된 유골 발굴 및 봉환 관련 두 위원회의 부회장을 맡게 되었다.

사업은 생각처럼 진도를 내지 못했다. 비용은 생각했던 것보다 훨

일본 평화사 본산에서 스님들과 함께. 태극기가 게양돼 있는 것이 인상적이다.

씬 많이 들었다. 밑 빠진 독에 물 붓는 심정이 이럴까 싶었다. 비용이 지출되는 만큼 결과가 눈앞에 보이는 것도 아니었다. 서서히 힘이 빠졌다. 의욕은 바람 빠진 풍선 꼴이 되었다. 어느 날 도쿄로 가는 비행기에서 대한해협을 내려보는데 나는 도대체 어디쯤 와 있는 것인가 하는 불안감이 엄습했다. 그 불안감은 수시로 나를 덮쳤다.

그런데 2007년 7월의 하루였다. NHK 계열의 한 방송사에서 연락이 왔다. 한인 유골 발굴, 봉환사업과 관련해 방송 출연을 해줄 수 있느냐는 것이었다. 일본 방송국에서 연락이 온 것은 처음이었다. 흔쾌히 승낙을 했다. 방송에 출연해 다음과 같은 요지의 얘기를 당당하게 했지만, 어쩔 수 없이 나도 모르게 주체하지 못할 눈물을 펑펑 흘리기도 했다. 방송은 밤에 나갔다.

"저는 평화를 원하는 사람입니다. 일본사람을 나쁘게 보지 않습니다. 일본사람들을 많이 접하면서 대부분의 일본사람은 성실하고 정도 깊고 예의가 바르다는 것을 알게 되었습니다. 정치적이고 외교적인 문제는 한국 정부와 일본 정부 간의 문제입니다. 한국 국민과 일본 국민은 동반자이고, 앞으로도 계속 동반자 관계를 유지해야 합니다.

조상 유골을 모시는 것은 일본사람이 세계 최고라고 들었습니다. 하지만 지금 이 시간에도 태평양전쟁 당시 강제동원된 한인 유골이 사라지고 있습니다. 이 추세대로 간다면 한인 유골은 영영 찾을 수 없을지도 모릅니다. 한인 유골이 묻혀 있는 장소만 알려 주십시오.

저는 어떤 보상도 대가도 바라지 않습니다. 저를 믿어주십시오. 조상의 유골을 고국에 모실 수 있도록 도와주십시오."

나중에 방송사 담당에게 들었지만, 원래는 짧은 인터뷰처럼 예정됐던 것인데 방영시간이 몇 갑절 늘어난 것이었다고 했다. 평범한 한국인 출연자의 솔직한 토로가 그만큼 가치 있고 시청률에도 도움이 된다고 판단한 모양이었다.

이튿날 시나가와 프린스 호텔 로비에는 많은 인사들이 찾아왔다. 일본 각계각층에서 나를 돕겠다는 연락이 쇄도했다. 돌이켜 생각해보면 이때 방송 출연 제의가 없었다면 나는 그만 주저앉았을지도 모른다. 더 이상 캄캄한 밤길을 걸어갈 의욕도 자신도 없었다. 때로는 어떤 우연의 개입이 한 사람의 인생행로를 바꿔놓을 수 있다는 것을 실감했다.

무릎으로 기어서 천 리를

강제동원 희생자 유골을 조사·발굴·봉환·안치하기 위해서는 많은 절차를 거치고 장애물을 넘어야 한다. 가장 먼저 이루어져야 하고 가장 중요한 일은 현지 사람, 기관과 원만한 관계를 맺어야 하는 것이다. 이 사업 역시 사람이 하는 일이라 사람들과 관계가 좋아야 일이 잘 풀릴 수 있다. 더군다나 이 사업은 대부분 일본에서 이루어진다. 일본사람들이 이 사업에 순순히 협조해줄 리 없다. 처음 접촉하는 일본사람들은 일단 모르쇠로 나오는 게 다반사다. 일부 극우단체에서는 서슴없이 협박을 하기도 한다. 이런 사람들을 피해 갈 수도 없다. 그렇게 하면 일이 진행될 수 없다. 대화를 통해 진심을 전할 수밖에 없다. 만나고 또 만나서 이 사업의 대의명분을 전하고, 마음의 문을 열고 들어가야 한다.

강제동원 희생자 유골은 사찰 등 납골시설에 많이 안치돼 있다. 관련 자료와 정보도 많이 갖고 있는 곳이다. 그래서 민간단체·종교단체들과 긴밀한 관계를 유지해야 한다. 사찰 등 납골시설에서 확보해야 하는 가장 중요한 자료는 과거장(過去帳)이다. 유골 명부라 할 수 있는 과거장은 유골 발굴의 열쇠라 할 수 있다. 과거장에는 한인과 일본인이 구분 없이 섞여 있으므로 면밀하게 분석해서 한인 명단을 추려내야 한다. 그런 다음에 시청을 찾아가서 매장·화장 기록이 담긴 매화장인허증(埋火葬認許證)을 열람하고 과거장 한인 유골 명단과 대조를 한다.

이어지는 절차는 원적지 대조이다. 원적지를 확인해보면 조상이 한인인지 일본인인지 확인이 가능하다. 한인으로 확인되면 시청에서 시장 명의의 한인 확인증을 발급해준다. 시청 등 일본 관공서의 협조 없이는 이 사업을 풀어나갈 수 없다. 중요한 서류의 열람과 발급, 그리고 허가는 시청에서 이루어지기 때문에 시청의 협조는 절대적이라 할 수 있다.

과거장과 매화장인허증은 외부에서 열람 요청을 한다고 해서 의무적으로 내주는 자료가 아니다. 2004년 12월 노무현·고이즈미 정상회담 이후 고이즈미 총리가 한인 희생자 유골 명부 확보를 내각에 지시했지만 실제로 확보된 명부는 미미했다. 자기 나라 수상이 지시해도 통하지 않는데, 타국의 민간단체에서 자료를 열람하고 싶다고 해서 순순히 내놓겠는가. 처음에 찾아가서 자료를 열람하고 싶다고 하면 냉담하게 나오기 마련이다. 현지 지인을 통해 지역 유력인사를 동원하거나 상대방을 계속 설득하는 등 끈질긴 노력을 기울여야 열람이 가능하다.

유골 발굴도 마음대로 할 수 있는 게 아니다. 시청의 허가를 받아야한다. 먼저 납골시설에서 유골 보관 사실 확인증을 발급 받아 이 확인증을 시청에 제출하면 개장 허가서를 발급해준다. 이런 행정 절차 못지않게 중요한 것은 일제 강점기 당시 현장에 있었던 생존자를 찾는것이다. 생존자의 증언이 있어야 당시 현장 상황을 생생하게 이해할수 있고, 유골 발굴 작업도 원활할 수 있기 때문이다. 생존자를 찾는것은 시청에 의뢰하기도 하고, 일본사람들의 인맥을 통하기도 한다.

마침내 유골을 발굴하면 일본 시청이 발급한 한인 확인증과 현장사진을 같이 서울의 대일항쟁기위원회에 보내 검수를 의뢰한다. 대일항쟁기위원회는 각 지방자치단체에 자료를 보내 유족들의 확인을받는다. 확인 결과 문제가 없으면, 이 사실을 일본 정부에 통보한다.일본 후생성은 일본 세관에 유골 반출 허가증이 발급되도록 하고, 이사실을 한국 정부에 알린다. 그 사이에 재일대한민국민단 본부에 유골 명부를 보내 천안 망향의 동산 안치 승인을 받는다.

강제동원 희생자 유골을 망향의 동산에 안치하기 위해서는, 앞에서짧막히 밝혔지만, 복잡다단한 과정을 거쳐야 한다. 어느 것 하나 빼놓을 수 없다. 이런 과정의 중간 중간에는 말과 글로 다 표현할 수 없는 장애물이 놓여 있다. 한 사찰의 도움을 얻기 위해 나는 며칠 동안 사찰 앞에서 무릎을 꿇기도 했다. 무릎으로 기어서 천 리를 가겠다는 인내와 집념이 없고서는 이런 장애물을 통과할 수 없다.

이 사업에 많은 돈이 들어가는 것은 크게 두 가지 이유이다. 첫 번째는 조직 관리와 활동비용이다. 앞에서 말한 것처럼 이 사업을 하기 위해서는 일본 현지에 조직을 갖추는 것이 필수적이다. 사무실을 마련하고 활동가들이 움직일 수 있는 비용을 지급해야 한다. 집중적으로 유골 조사, 발굴을 하기 위해서는 15명 정도를 2~3개 팀으로 나눠서 1~2주일쯤 활동한다. 여기에도 상당한 비용이 지출된다. 조사, 발굴 시간이 넉넉하면 좋겠지만 비용 때문에 가급적 빨리 활동을 마쳐야 한다.

두 번째는 쉽게 말해 교제비용이다. 일본사람들의 마음의 문을 열기 위해서는 자주 만나서 밥도 사고 술도 사야 한다. 이 일을 하느라 나는 수천 번 일본사람들을 대접했다. 그런 까닭에 예상했던 사업비를 초과하게 되었고, 한때 심각한 재정적 위기를 겪기도 했다.

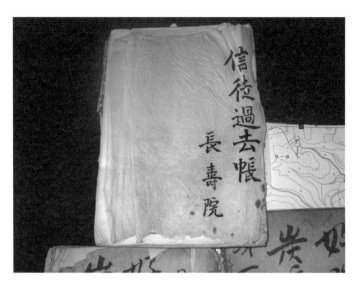

일본 사찰 장수원(長壽院)이 보관하고 있는 과거장. 장수원은 후쿠시마현 이와키시에 있다.

장수원에 보관돼 있는 군산 출신 김수문의 유골. 과거장을 통해 후쿠시마현 석탄 광산에서 사망한 김수문 등의 사망일자, 사망장소, 사망원인을 확인했다.

| 取扱窓口 | 本庁 |

第 158 号 改葬許可書

	本籍	
死　亡　者	全羅北道群山市開井面鉢山里20番地	
	住所	
	福島県いわき市常磐	
	氏名	性別
	金　寿文	男
死亡年月日	西暦1943年5月6日	
埋　　　葬 又　は 火　　　葬	場所	
	福島県いわき市好間町北好間字槐作12番地 好間山長寿院	
	年月日	
	西暦1943年5月8日	
改　　　葬	理由	
	母国に奉還するため	
	場所	
	韓国　国立望郷の丘	
申　　請　　者 （死亡者との続柄） （墓地使用者との関係）	住所	
	韓国ソウル特別市江南区宣陵路82-46-103 社団法人　亜太平和交流協会	
	氏名	続柄
	会長　安　富　洙	同国人
平成24年12月10日		
いわき市長　渡辺　敬夫		

이와키시장 명의로 발급된 개장허가증.

羽田空港税関長　殿

　太平洋戦争中に常磐炭鉱で強制労働させられ死亡された

韓国人の遺骨・２０柱と霊位（位牌）１６柱を、母国奉還の

ため、別紙のとおり２０柱の改葬許可証の写しを添付して、

持ち出しを申告する。

　　　　　　　２０１２年１２月　　日

　　　　　　社団法人　亜太平和交流協会

　　　　　　　会　長　安　富　洙

일본 세관이 발급한 한인 강제동원 희생자 반출 확인서.

하네다공항세관장   전

태평양전쟁중에 죠우반탄광에서 강제노동되어 사망한

한국인의 유골·20주와 영위(위패)16주를, 모국봉환을

위해, 별지와 같이 20주의 개장허가증의 사본을 첨부하여

반출함을 신고함.

                2012년 12월   일

                    사단법인   아태평화교류협회

                회 장   안 부 수

2009년 1차 110위 봉환

2008년 도쿄에 일본본부 사무실을 마련했다. 변변한 사무실 없이 이곳저곳을 전전하면서 일을 추진하다 보니 불편하기도 하고 업무 효율도 떨어지는 등 많은 어려움이 따랐다. 교통이 편리한 도쿄 시나가와 전철역 인근에 사무실을 임대하고 '태평양전쟁 희생자 봉환위원회 일본본부' 현판을 부착했다.

사무실 임대는 위원회 활동에 새로운 동력이 되었다. 현판식을 하는 날, 많은 사람들이 찾아와 축하를 해주었다. 일본 여러 사찰의 스님들, NPO(Non Profit Organization) 관계자, 민단과 조총련 관계자, 재일한국인 각 시도 회장, 그리고 역도산의 수제자인 함경도 출신 고토네 다카히로(琴音隆裕) 등이 찾아와 격려를 해주었다. 작은 일이든 큰 일이든 형편되는 대로 돕겠다고도 했다. 자료 수집, 생존자 찾기, 강제동원 현장 확인, 시청 자료 열람 등의 다양한 일에 힘을 보태주기로 했다. 나는 천군만마를 얻은 기분이었다.

이즈음 재일동포 2세인 간다 마사유키(申田昌幸)가 합류했다. 그의 한국 이름은 강의효다. 우연한 기회에 그를 알게 되었는데 같이 일하면 여러 모로 좋을 것 같았다. 나보다 10여 살이나 많았는데, 공부를 많이 했으며 영어도 능통했고 무엇보다 충직했다. 문제는 야쿠자라는 사실이었다. 평범한 조직원 정도가 아니라 꽤 큰 조직을 거느리고 있는 보스급이었다.

"형, 좀 도와주라. 형은 제주 강씨잖아. 조국을 위해 좋은 일 같이 해보자."

허물없이 '형'이라 부를 정도로 친분을 쌓은 나는 넉살을 부리며 도움을 청했다. 간다 형은 가타부타 말이 없었다. 어느 날이었다. 간다 형이 고베에 같이 가자고 했다. 고베에는 그가 몸담고 있는 조직의 본부가 있었다. 유골 봉환사업을 하기 위해서는 야쿠자에서 빠져나와야 했다. 그러려면 조직의 승인을 받아야 했다. 고베로 가는 길에 마음이 편하지는 않았다. 야쿠자에서 빠져나오는 게 쉽지 않은데, 내 욕심 때문에 형의 신상에 문제라도 생기면 어떡하나 싶었다. 고베 본부에 도착한 간다 형은 보스에게 조직에서 나가야 하는 이유를 간결하게 말했다.

"조국을 위해 뜻있는 일을 하고자 합니다. 그 일을 할 수 있게 해주십시오."

잠시 생각에 잠긴 보스가 말했다.

"훌륭한 일을 하고 싶다는데 말릴 이유가 없다."

군더더기 없는 시원한 대화가 오고갔다. 그것으로 끝이 아니었다. 야쿠자는 입회 의식도 탈회 의식도 엄중하다. 간다 형은 오른손 새끼손가락 한 마디를 칼로 베었다. 선혈이 낭자한 새끼손가락을 나는 차마 볼 수 없었다.

간다 형은 그렇게 붉은 피를 흘리며 남은 새끼손가락 한 마디를 마저 바치고 야쿠자에서 은퇴하여 협회 사업에 합류하였다. 그리고 유골 봉환사업이라는 고생길로 접어들었다. 나는 그를 봉환위원회 고문으로 위촉했다. 야쿠자에 있을 때는 상당한 예우를 받았지만, 이제 그를 예우해 줄 사람은 아무도 없었다. 승합차에 몸을 싣고 일본 전역을 누비며 고생을 해야 했다. 제대로 된 보상도 기대할 수 없었다. 군대에 비유하자면, 장성이 병사로 전락한 것이었다. 간다 형을 볼 때마다, 생각할 때마다 나는 고맙기도 하지만 미안하기 그지없었다. 어느 날 그의 처지를 벼랑 아래로 추락시킨 것이 과연 잘한 것인지 의문이 들지 않을 수 없었다.

간다 형은 이따금 나에게 말했다.

"나는 제주도 강씨이고, 나에게도 대한민국의 피가 흐르고 있다."

일본사람에게는 이렇게 말했다.

"조상을 모시는 일은 일본과 한국이 다를 바 없다. 일본사람, 재일동포 모두 이 일을 도와야 한다."

사진 왼쪽이 간다 마사유키. 야쿠자에서 빠져나와 강제
동원 희생자 유골 봉환사업에 합류한 간다는 저자의 든
든한 버팀목이 된다.

간다 형은 내가 힘들고 어려울 때마다 위로해주고 용기를 북돋워주는 버팀목이 되었다. 일본 곳곳을 누비며 유능한 일꾼을 엮어내는 등 사업 추진에도 큰 힘이 되었다. 구말모 선생도 그를 통해 알게 되었다. 어느 날 간다 형이 "이제 자식들에게 떳떳한 아버지가 되었다."고 말했다. 그제야 나는 형이 왜 야쿠자에서 나와 고생길로 뛰어들었는지 알 수 있을 것 같았다.

도쿄에 이어 오사카·규슈·홋카이도·시즈오카·후쿠시마·히로시마 등에 봉환위원회 지부를 개설하고 사업에 박차를 가했다. 2008년 가을, 봉환위원회는 그동안의 조사 내용을 토대로 시즈오카(静岡)현 일대에서 유골 발굴 작업을 시작하기로 결정했다. 한국인 3명, 일본인 8명, 재일동포 1명 등 모두 12명이 승합차 세 대에 나눠 타고 시즈오카현으로 출발했다.

우리 일행이 도착한 곳은 이즈(伊豆)시였다. 미리 연락이 된 일연종(日蓮宗) 스님들이 우리를 반갑게 맞아주었다. 한인 유골 명부를 참고해 조를 나누어 사찰, 시청 등을 찾아갔다. 나는 스님과 함께 시청으로 향했다.

이즈시청의 담당 국장과 과장도 친절하게 일행을 맞아주었다. 스님이 협조 사항을 말하자 미리 조사해둔 강제연행 기록자료를 펼쳐 보이며 생존자도 물색하고 있다고 답했다. 스님과 시청 공무원들 사이에 사전협조가 잘 돼 있는 것 같았다. 오랜 시간이 흘렀음에도 '한인

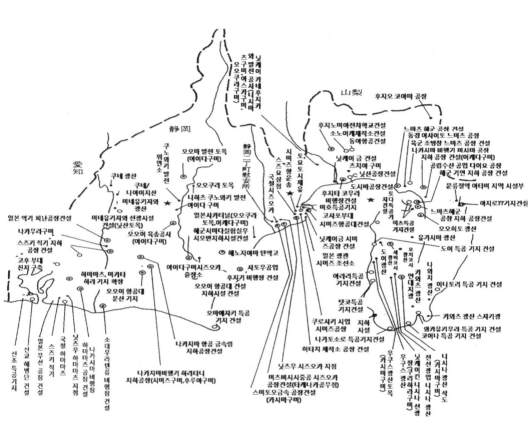

시즈오카현 강제동원 현황.

강제연행 기록자료'는 관리문서로 잘 보관돼 있었다. 일본은 기록의 나라임을 다시금 느낄 수 있었다.

이튿날 우리는 이즈에서 2시간 정도 떨어진 한인 강제동원 현장으로 향했다. 철광석 광산이었는데, 입구에는 큰 바위에 위치를 나타내는 지명이 새겨져 있었다. 10분 정도 걸어가자 광산이 나타났다. 당시 현장에 있었던 노인이 앞으로 나섰다.

"지금은 숲이 우거져 인적이 끊겨버렸지. 당시와 비교하면 많이 훼손되었지만 현장은 그대로 남아 있을 것이네."

열악한 환경 때문에 현장에 있던 다수는 노역 당시에 이미 사망했고, 소수의 생존자도 후유증으로 오래 살지 못했으며, 얼마 전까지 2명의 한인이 생존해 있었다고 했다.

우리는 스님과 생존자의 안내로 현장 가까이 접근했다. 입구부터 음산한 기운이 느껴졌다. 20분 정도 가파른 산길을 걸어가니 한눈에 알아볼 수 있는 현장이 나타났다. 계단식으로 3층 움막터가 보였고, 옆으로 두 군데의 가마터가 보존돼 있었다. 움막은 강제동원된 한인 500여 명이 합숙하던 곳이었다. 움막을 지을 때 주춧돌로 사용된 돌이 여기저기 보였으며, 한쪽에는 녹슨 그릇과 채광할 때 사용한 정이 흩어져 있었다.

우리는 눈에 보이는 것을 한곳에 모아 표시를 해두었다. 돌축으로 만든 계단식 움막 터에서 2~3분 떨어진 거리에는 돌무덤도 있었다. 한

시즈오카현 이즈시 철광석 광산 현장.

시즈오카현 이즈시 철광석 광산 인근의 한인 희생자 돌무덤.

인 희생자들의 것으로 추정되었다. 워낙 험준한 곳이라 전쟁 후 그대로 방치되는 바람에 흔적이 남아 있었다. 참으로 가슴 아픈 역설이었다.

우리는 광산 갱도에 들어섰다. 순간, 나는 온몸이 얼어붙는 듯했다. 어느 누구도 말 한 마디 꺼내지 못했다. 숨소리조차 들리지 않았다. 이따금 갱도 위에서 떨어지는 물방울 소리만 들렸다. 이렇게 좁고 험한 곳에서 철광석을 캐냈다니 믿어지지 않았다. 갱도 안으로 깊숙이 들어가기가 두려웠다. 이런 곳에서 보리밥 한 덩이로 끼니를 때우고 노예처럼 일하다가 지치고 병들어 죽으면 개처럼 묻혔을 것이다. 나는 당시 상황이 눈앞에 떠올라 눈시울이 뜨거워졌다. 현장을 살펴본 모두의 표정은 잔뜩 굳었다.

우리는 이즈시청 공무원에게 한국 정부나 단체에서 발굴 작업을 할 때까지 현장 보존을 잘 해달라고 당부하고 다음 목적지인 화장터로 출발했다. 20분쯤 지났을까, 길가의 조형물 하나가 눈에 들어왔다. 승합차를 멈추었다. 직감적으로 무언가 있을 것 같았다. 조형물은 추모비였다. 현지인들에게 추모비가 세워진 경위를 물어보았다. 강제 동원된 중국인 30여 명이 희생된 곳이었다. 일본에 거주하는 중국인 단체가 중국정부에 의뢰해 노무 희생자 추모비를 세운 것이었다. 당시 일본 당국은 한인과 중국인을 한 장소에 투입하지 않았다. 언어 소통과 작업 능률 때문이었다.

추모비 주변을 천천히 둘러보았다. 침략 전쟁을 일으킨 일본은 엄

시즈오카현 이즈시에 있는 중국인 희생자 추모비.

청난 자금과 인원을 동원해 자국민의 유골을 체계적으로 수습하고 있다. 중국 정부도 희생자 추모비를 곳곳에 세우는 등 희생자에 대한 배려가 각별하다. 반면에 우리 정부는 어떠한가. 일본·중국과는 너무나 대조적인 우리 정부의 처사에 비통함이 가슴 가득 밀려왔다. 나라가 힘이 없어 강제로 동원되었고, 그 바람에 비참하게 죽어간 분들을 이제라도 고국으로 모셔와 안치하고 그 영혼을 위로해야 하지 않을까. 중국인 추모비는 다시금 나의 의지를 다지게 했다.

우리는 태평양전쟁 당시 화장터에 도착했다. 먼저 출발한 일본 종교단체 일행에게 현지 사람들을 미리 섭외해 달라고 부탁을 해둔 터였다. 다행스럽게도 현지인들로부터 귀중한 증언을 듣게 되었다. 강제동원 현장에서 사망한 한인들은 인근 사찰에서 화장을 해서 보관하고 있었다. 명부 없이 유골만 있는 경우에는 지하벙커에 보관돼 있었다. 이곳에서 약간 떨어진 지하터널과 토목건설 현장에도 한인들이 노역을 했다는 증언도 있었다.

면밀히 살펴보니 처음에는 사망자를 인근 사찰에 의뢰해 화장을 했으나 나중에는 현장 부근에 묻어버렸다. 화장터 바로 옆에 있는 지하벙커에 가보니 무연고 유골 수십 기가 방치돼 있었다. 훼손이 심한 유골은 준비해 간 보자기로 감싸두었지만 수습할 수는 없었다. 한인인지 아닌지 확인할 길이 없었기 때문이다. 이런 상황에 처할 때마다 우리 정부의 역할이 필요하다는 것을 나는 절실하게 느낀다. 한인임을 확인하려면 DNA 조사를 해야 하는데, 그것은 정부 차원에서 가능한 일이고 또 마땅히 해야 하는 의무다. 유골을 바라보며 망연자실해 있는 나에게 현지 스님이 여러 사찰에 협조를 부탁해 두었으니 힘을 내라고 했다.

일본 일연종 사찰에는 일연의 동상이 세워져 있다. 일연종 창시자인 일연은 부여의 왕자였다고 전한다. 일연종 산하 NPO인 수량회(守良會)는 2만여 명의 주지가 가입돼 있는 것으로 알려져 있다. 한 주지에 따르면, 일본 정부에서 지방자치단체에 "한인 희생자 유골을 보관하고 있는 사찰은 그 현황을 보고하라."고 했지만 제대로 보고한 사찰은 많지 않다고 했다. 사찰 입장에서는 굳이 안 해도 그만인 일을 나서서 할 이유가 없는 것이었다. 그 주지는 그동안 일본 정부가 한국 정부에 통보한 유골 숫자는 실제에 비해 10퍼센트에도 미치지 못할 것이라는 말을 덧붙였다. 나는 그 주지에게 간곡히 부탁했다.

"그래서 저희가 절실한 심정으로 강제동원 희생자 유골을 찾아다니고 있습니다. 스님, 각 사찰에 다시 한 번 연락해 저희를 도와주십시오. 부탁입니다."

시즈오카 일대에 흩어져 있는 유골을 일 년 간 찾아다닌 끝에 110위의 한인 희생자 유골을 한 곳으로 모았다. 험난한 여정이었다. 2009년 8월, 봉환위원회는 한인 유골 110위를 고국으로 모시기 위

시즈오카현 이즈시 국립공원 정상에서 열린 추도식.

해 분주히 움직였다. 수습한 희생자 유골에 관한 내용을 한국 정부와 일본 정부, 재일본 한국대사관·총영사관 등에 통보하는 등 발빠르게 움직였다.

먼저 일본에서 추도식을 개최했다. 장소는 좋은 날씨에는 후지산이 한눈에 보인다는 이즈시 국립공원 정상이었다. 각계에서 많은 사람이 참석했다. 필리핀·미르크네시아·마샬제도의 대사는 물론, 재일한국민단과 재일중국민단 관계자, 스님들도 참석했다. 하지만 봉환위원회가 직접 방문해 자료를 전달한 한국대사관과 영사관에서는 아무도 참석하지 않았다.

이즈시 국립공원 정상에 태극기가 게양되었다. 스님들의 추도 독경과 타종식에 이어 늦은 밤까지 추도식이 진행되었다. 이튿날 유골 봉환 준비를 서둘렀다. 하네다공항까지 승용차로 4시간 정도 걸리니 아침 일찍부터 움직여야 했다. 한국에서 준비해 간 유골함에 유골을 담고 태극기로 정성껏 감쌌다. 일본 경찰에 경호 협조도 요청했다.

우리는 유골 앞에서 묵념을 하고 공항으로 출발했다. 시즈오카 경찰은 현 경계선까지 에스코트를 해주었다. 오전 11시경 공항에 도착했다. 공항 입구에서 공항 관계자와 경찰이 안내를 해주었다. 유골 통관 수속 절차를 밟아야 했다. 관계 부처의 확인을 거쳐 반출증과 허가증을 받았다. 그 사이에 봉환위원단 일행은 공항 한쪽에서 테이블에 유골을 올려놓고 간단한 추모제를 올렸다.

대한항공과 공항 관계자는 한국에서 온 봉환위원단 8명을 친절히 안내해주었다. VIP 대기실을 내주었고, 탑승 수속을 직접 해주었다. 세관에서 한인 유골임을 확인했으니 검색대를 통과하지 않아도 된다며 먼저 탑승하라고 했다. 비행기에 탑승해 이코노미석으로 가려고 하니 승무원들이 일등석으로 안내했다. 일행은 어리둥절한 표정이 되었다. 공항에서는 좌석과 관련해 아무런 얘기가 없었다. 승무원이 미소 띤 얼굴로 말했다.

"대한항공이 훌륭한 일을 하고 있는 여러분을 잠시라도 편안히 모시려고 배려하는 겁니다."

유골 발굴을 위해 일본 등 해외에 수도 없이 다녔다. 비행기 티켓 비용만 해도 엄청나게 들었다. 그런 까닭에 일등석은 언감생심 꿈도 꿀 수 없었다. 전혀 예상하지 못했던 대한항공의 배려가 큰 위안이 되었다.

고국에 안치하는 추도제는 8월 25일 개최하기로 예정돼 있었다. 그런데 8월 20일자로 국무총리 산하 일제강점하강제동원피해진상규명위원회에서 보낸 공문이 접수되었다. '유골봉환 행사 관련'이라는 제목의 공문 내용은 다음과 같았다.

일제 강점하 강제동원 피해자 등의 유해를 수습·봉환하는 업무는 법에 의거, 정부가 추진하는 것으로 규정되어 있습니다. 2005

년 5월 이후 한일 정부 간 협의에 따라, 일본 내 해당 유골에 대한 조사와 수습 및 봉환 등의 업무는 정부 간에 협력하여 추진하되, 당분간 개인 또는 민간 등이 해당 유골을 임의로 조사, 수습 및 봉환하는 등의 행위는 자제할 것을 상호 양해하였습니다. 따라서 귀 단체의 유골 봉환 추진은 양국 정부가 추진하고 있는 유골의 실태조사와 실지조사 등 적법한 절차를 거치지 아니한 일방적 행위로서, 법률과 양국 정부 간 합의에 위배되는 행위임을 양지하고, 해당 유골의 봉환 및 관련 행사를 자제해 주시기 바랍니다.

그러나 이 정도는 약과였다.

봉환을 추진하는 '태평양전쟁희생자봉환위원회'의 명칭은 법에 의거 '유사명칭의 사용행위'로 간주될 수 있으며, 이에 대해서는 1천만 원 이하의 과태료 처분을 받을 수 있음을 유념하시기 바랍니다.

일본에서 열린 추도식에 한국대사관이나 영사관에서 한 명도 나타나지 않았을 때만 해도 이만저만 속이 상하지 않았지만, 이건 정말 기가 막힐 노릇이었다. 인내해서 될 일이 아니었다. 봉환위원회의 목소리를 내지 않을 수 없었다. 나는 진상규명위원회를 찾아가 정색으로 항의했다.

"그동안 정부는 무슨 일을 했습니까. 일본 현지에서는 지금도 유골이 유실되고 있다는 걸 모를 리 없지 않습니까. 이 상태를 계속 방치해두면 어떻게 되겠습니까. 누구라도 빨리 유골을 수습하고 봉환하는 일에 나서야 하지 않겠습니까."

그들은 들은 척도 하지 않았다. 정부 지원 한 푼 받지 않고 유골 봉환사업을 하면서 진행 절차를 정부당국에 꼬박꼬박 보고했다. 그런데 격려나 위로는 못해줄망정 유골 봉환은 개인이나 민간단체가 할 수 없다고 엄포를 놓으니 황당하기 짝이 없었다. 하지만 여기서 밀릴 수는 없었다. 이제 와서 유골 안치 추도제를 포기한다면 2004년부터 6년간 온몸을 던져 거둔 결실이 물거품이 되는 것이었다. 나는 진상규명위원회에 말했다. 법적으로 문제가 된다면 나를 처벌하라고.

8월 25일 추도제는 개최할 수 없었다. 경찰까지 동원돼 행사를 막았다. 한숨이 나왔다. 도무지 이해할 수 없는 상황이 전개되었다. '우리 정부는 유골 수습과 봉환을 위해 무슨 일을 하는지 알 수 없습니다. 민간단체가 자발적으로 그 일을 하고 있는데 도움을 주기는커녕 안치 추도제를 경찰력까지 동원해 막는다는 것이 있을 수 있는 일입니까? 이것이 21세기의 부강하고 민주화된 대한민국의 대명 백주에 일어날 수 있는 일입니까?'이런 절규가 내 마음에 울분으로 맺힌 상태에서 이명박 대통령을 찾아가 말이라도 해보고 싶었다. 결국 추도제를 하루 늦춰 개최하기로 했다.

김해공항을 통해 봉환된 강제동원 한인 희생자 유골 1차 110위를 자원봉사자들
이 운구하고 있다.

8월 26일 경남 모 사찰에서 태평양전쟁 한국인 희생자 유골봉환 추도제를 개최했다. 각계각층에서 많은 사람들이 참석했다. 추도제는 무사히 진행되었다. 행사의 대의명분에 많은 사람들이 공감한 덕분이었다. 봉환위원회는 안도의 한숨을 내쉬었다. 사실 정부기관에서 탐탁지 않게 여기는 추도제를 예정보다 하루를 연기해 치르라고 했지만 이것은 상당한 부담이 되었다. 과연 행사를 제대로 진행할 수 있을지 걱정이 안 될 수 없었다.

추도제가 끝났다고 모든 일이 끝난 것은 아니었다. 진상규명위원회가 희생자 유족회 회원과 자리를 함께 해야 된다고 했다. 무슨 일이냐고 물었더니, 유족회 회원의 항의가 있었다는 것이다.

나는 피할 생각 없이 간담회에 나갔다. 간담회에서 유족회 회원은 "왜 남의 선조 유골을 사전에 허락도 받지 않고 찾아왔느냐?"며 따지고 들었다. 나는 그들의 주장을 경청한 후 유골 봉환의 취지와 과정을 차분하게 설명했다. 하지만 그들은 마음의 문을 열지 않았다. 같은 말을 되풀이할 뿐이었다. 아무리 희생자 유족이라고는 해도 정도가 지나쳤다. 나는 할 말은 해야 되겠다는 판단이 들었다.

"저도 강제동원 피해자의 유족입니다. 우리 국민 모두가 유족입니다. 저는 이 일을 할 수 있는 권리가 있습니다."

1차 봉환은 이렇듯 숱한 암초에 부딪히며 진행되었고, 그 암초는 앞으로도 계속 만나게 된다.

2010년 2차 31위 봉환

1차 봉환을 마무리하고 한국의 봉환위원회 임직원들과 자리를 함께했다. 1차 봉환 경과보고와 향후 유골 발굴, 봉환에 대한 논의를 하기 위해서였다. 2009년 9월경이었다. 약속한 시간에 봉환위원회 회의실에 들어가니 분위기가 착 가라앉아 있었다. 임직원들의 표정도 밝지 않았다. 무슨 일이 일어날 듯한 분위기였다. 회의가 시작되자 한 임원이 말을 꺼냈다.

"우리가 누구도 생각하지 못한 큰일을 해냈다는 점에서 큰 보람을 느낍니다. 하지만 이 사업을 계속 추진하는 것은 생각해볼 필요가 있습니다. 무엇보다 비용 부담이 너무 큽니다. 그동안 대표님께서 모든 비용을 부담한 것으로 알고 있습니다. 앞으로도 대표님께서 비용을 계속 부담해가며 일을 한다는 것은 무리라고 생각합니다. 위원회 임직원들의 고생은 굳이 말씀드리지 않겠습니다. 민간단체가 이 정도 했으면 할 만큼 했다는 생각이 듭니다. 이상입니다."

나는 눈을 질끈 감았다. 회의실에 무거운 침묵이 흘렀다. 눈을 뜨고 임직원들을 둘러보았다. 모두 내 눈길을 피했다. 회의 전에 임직원들 간에 합의를 하고 대표 발언을 한 것 같았다. 더 이상의 발언은 없었다. 틀린 얘기는 아니었다. 일리 있는 얘기였다. 사실 누군가의 입을 통해서 한 번은 나와야 할 얘기였다. 많은 비용이 들어가고 말 못할 고생을 해도 알아주는 사람이 별로 없는 사업을 누군들 계속 하고 싶겠는가. 그 심정은 충분히 이해가 되었다. 그렇다고 이 사업을 지금 이 시점에서 접을 것인가. 내가 대답을 해야 했다.

"그동안 고생들 많으셨지요? 그 심정과 판단, 충분히 이해가 됩니다. 저 역시 여러분과 같은 생각을 왜 하지 않았겠습니까? 하지만 지금 이 사업을 중단하면 어떻게 되겠습니까? 이역만리에서 억울하게 죽어간 우리 선조들의 유골은 어떻게 되겠습니까? 저는 지금도 아시아태평양 곳곳에 흩어져 있는 선조들의 유골이 눈에 어른거립니다. 유골의 수습과 봉환은 한시가 급한 사안이라는 걸 누구보다 잘 아실 겁니다. 비용 문제는 제가 어떻게든 알아서 할 테니 걱정하지 마시고, 염치없는 얘기지만, 조금만 더 힘을 내주시기 바랍니다. 진심으로 부탁드립니다."

임직원들은 아무런 말이 없었다. 2차 봉환사업의 큰 그림을 공유하고 회의를 마쳤다. 그렇게 한 고비를 넘겼다. 회의가 끝난 후 가장 먼저 취한 조치는 서울의 봉환위원회 사무실을 옮기는 것이었다. 경비

절감을 위해 임대료가 저렴한 곳으로 이사를 했다. 사무실이 좁아서 임직원들이 모두 앉을 수도 없는 곳이었지만, 임직원들은 불평 한마디 하지 않았다. 나는 운영 자금을 마련하기 위해 보유하고 있던 회사를 매각했다.

2009년에 역점을 둔 일은 임의단체인 태평양전쟁 희생자 봉환위원회를 사단법인으로 전환하는 것이었다. 임의단체로는 여러 가지 일을 풀어나가는 데 제약이 많았다. 사단법인으로 등록이 되어야 대외적으로 공신력도 생기고 국내외 행정 업무를 풀어나가는 데 수월하기 때문이었다. 그렇게 해서 접수 1년 만인 2010년 2월에 인가된 것이 사단법인 한일공동평화교류협회다.

법인을 만드는 과정에도 우여곡절이 많았다. 유해 발굴, 봉환을 사업내용에 넣어야 하는데 당시 모든 행정당국은 이를 불허했다. 나는 유해 발굴, 봉환을 사업 내용에 포함해야 한다고 계속 주장했지만 당국을 이길 방도는 없었다. 대한민국 행정당국은 이렇듯 민간단체의 강제동원 희생자 유골 봉환에 대해 계속 비협조적으로 나왔다. 결국 △국제간의 평화 교류 관련 학술 연구 지원 및 세미나 개최 △아태지역 공동 상호초청 문화탐방 및 체험행사 등을 사업내용으로 하는 사단법인 한일공동평화교류협회를 만들었고, 2012년 6월 사단법인 아태평화교류협회로 명칭을 변경해 지금도 그대로다.

법인 명칭에 '희생자 봉환' 대신 '평화'를 넣었다. 희생자 봉환도 종국에는 평화에 복무하는 사업이라고 여긴 까닭이다. 불의한 전쟁으로 강제동원과 억울한 죽음이 이어졌기에 전쟁 없는 세상, 평화로운 세상을 염원하고, 그것을 실현하기 위해 노력한다는 뜻에서 평화를 넣었다. 그리고 한일 양국이 손을 맞잡아야 진정한 평화의 도래가 가능하다는 생각에서 '한일공동평화교류협회'라 했고, 나아가 아시아 태평양의 모든 나라가 자유롭게 교류할 수 있는 평화로운 세상을 위해 봉사한다는 더 큰 뜻에서 '사단법인 아태평화교류협회'(이하 아태협)로 명칭을 바꾼 것이었다.

다시 희생자 유골 조사에 나서기 위해 일본으로 날아갔다. 힘은 들었지만 강제동원 현장을 일일이 찾아다니기로 마음을 먹었다. 그렇게 해야만 사람들의 마음을 모을 수 있고 일이 제대로 추진될 수 있었다. 내가 편하게 일을 하려고 하면 사람들이 금세 알아차리고 마음을 보태주지 않을뿐더러 일도 제대로 추진될 수 없다는 걸 잘 알고 있었다.

봉환위원회 일본본부 위원들을 만나 1차 봉환이 잘 마무리될 수 있도록 도와준 데 대해 사의를 표했다. 그들도 밝은 얼굴로 환대해 주었다. 이제 그들과는 떼려야 뗄 수 없는 막역한 사이가 되었다. 국적을 뛰어넘어 역사적으로 가치 있는 일을 사심 없이 함께 한다는 점에서 동지애 같은 감정을 가슴 깊이 느꼈다. 언제부턴가 그들은 나를 '교다이(형제)'라 부르고 있다.

간토(關東) 남서부에 있는 가나가와(神奈川)현을 답사했다. 승합차 두 대에 나눠 타고 하루 8시간 이상을 이동했다. 현지 지리를 잘 아는 간다 고문, 나의 든든한 형이 운전대를 잡았다. 힘들고 피곤할 텐데 전혀 내색을 하지 않았다. 팔순이 넘은 미야나가 회장도 헌신적으로 힘을 보탰다.

미야나가 회장의 지인을 통해 유용한 정보를 얻었고, 행정기관의 자료도 어렵사리 구했다. 종교단체·민간단체 관계자들과 인사를 나누고 협조를 부탁했다. 그 사이 오사카에서 한인 무덤이 있는 곳을 안내하겠다는 연락이 왔다. 반가운 소식이었다.

오사카에 도착하자 간사이 지방 한인의 정신적 지주인 황칠복 선생이 마중을 나왔다. 황 선생은 오사카의 덕망 있는 유지로 알려져 있었다. 아흔이 넘었는데도 정정했고 사회활동도 꾸준히 하고 있었다. 저녁식사를 하면서 많은 이야기를 나누었다. 황 선생은 나에게 좋은 일 한다며 덕담을 해주었다.

이튿날 아침 일찍 한인 무덤으로 추정되는 곳으로 이동했다. 교토 인근에 있는 지장원(智帳院) 근처였다. 지장원 스님과 대화를 나눠보니 강제동원보다는 가족과 함께 돈을 벌기 위해 온 한인들의 무덤이었다. 제주도 출신이 많았고 150명 정도 되었다. 일본에서는 드물게 매장을 했는데 한국과는 달리 봉분이 없었다. 무덤은 지면과 수평이었고 콘크리트로 덮여 있었다.

스님의 안내로 지장원에서 10분 거리에 있는 야산으로 갔다. 수십 구의 무덤이 눈에 들어왔다. 대부분 무연고 무덤이었다. 한인 무덤인지를 확인하려면 정밀 조사가 필요했다. 동행한 봉환위원회 오사카 지부장에게 고생 좀 해달라고 부탁했다.

숨 가쁜 일정이 이어졌다. 나는 후쿠시마현에 있는 고세키(小關) 지부장을 만나러 가야 했다. 고세키 지부장은 후쿠시마현의 NPO인 해외청년협력단 단장이면서 봉환위원회 지부장으로 활동하고 있었다. 후쿠시마현이 있는 도호쿠(東北) 지역은 오래 전부터 나와 인연이 깊었다. 내가 처음으로 사찰과 행정기관을 돌아다니며 협조를 요청한 곳이 바로 여기였다. 어떤 사찰은 한인 희생자 유골이 있다는 것을 분명히 알고 찾아갔는데도 대화에 응해주지 않았고, 어떤 사찰은 추운 겨울날 1주일을 매일 찾아가서야 겨우 자료를 보여주었다. 이 지역에서 희생자 유골을 본다는 것은 거의 불가능했다. 그 정도로 비협조적이었다. 하지만 고세키 지부장은 조사원들을 보내 현지에서 자료 수집을 하는 등 수월하게 일을 추진하고 있었다. 현지에서 유대 관계를 잘 맺고 있다는 방증이었다.

고세키 지부장과 함께 이와키(いわき)시 영광산(靈光山) 묘각사(妙覺寺)를 찾아 주지 스님과 대화를 나누었다. 주지 스님은 선대로부터 사찰을 물려받았다. 사찰에는 우리가 무릎을 꿇어야 할 사연을 간직한 비석이 있었다. 탄광에서 일하다 죽은 한인 희생자 180여 명을 화장

이와키시 영광산 묘각사에 있는 강제동원 한인 희생자 추모비. 묘각사 현 주지 스님의 조부가 강제동원 한인 희생자 180여 명을 화장해 묘각사에 묻고, 그 위에 추모비를 세웠다.

한 후 세운 추모비로, 현 주지 스님의 조부가 세운 것이었다.

이렇게 화장한 유골을 민간단체가 수습한다는 것은 불가능하다. 예산을 감당할 수 없기 때문이다. 한국 정부 차원의 조사가 필요하다는 판단에서 대일항쟁기위원회에 연락을 했지만 별다른 소식이 없었다.

묘각사 주지 스님은 어릴 때부터 할아버지와 아버지로부터 전쟁 당시의 상황을 들으며 성장했다. 덕분에 우리에게도 선의를 갖고 많은 이야기를 전해 주었다. 일본의 모든 사찰이 묘각사 같지는 않다. 후대로 내려오면서 젊은 스님들은 사찰에 보관된 유골을 폐기해버리기도 한다. 유골 보관이 귀찮고 돈이 되는 일도 아니기 때문이다.

이틀 후 나는 한국으로 돌아왔다. 자금이 소진된 것이었다. 다시 자금을 마련해 일본으로 가야 했다. 자금 문제는 계속 발목을 잡았다. 이 사업을 시작한 후로 단 한 번도 충분한 여유를 갖고 조사를 해본 적이 없었다. 현장 조사를 하면서 다른 현장을 지척에 두고도 시간과 경비 때문에 가보지 못한 것이 한두 번이 아니었다. 그때마다 마음이 무거웠다. 분명 그 현장에는 조상들의 유골이 있었을 텐데 하는 아쉬움이 진하게 남았다. 다음에는 다시 가봐야지 하고 다짐을 하지만 그 넓은 일본 땅에 강제동원된 곳이 어디 그곳뿐이겠는가. 심증만으로 다시 그곳을 찾기 힘들다는 것을 수없이 체험했다.

나는 일본으로 돌아와 이와키시에 있는 장수원(長壽院)이란 사찰을 찾아갔다. 과거에 수차례 방문했지만 번번이 문전박대를 당한 곳이었다. 주지 스님 시라토 카즈오(白土和男)는 교편을 잡고 있다가 부친이 작고하자 사찰을 물려받았다. 사찰에 들어서니 주지 스님이 마중을 나와 우리 일행과 일일이 악수를 하고는 집무실로 안내를 했다. 뜻밖의 친절에 나는 고개를 갸우뚱했다.

"스님, 저를 기억하실지 모르겠습니다. 한인 유골 문제로 몇 차례 찾아왔다가 좋은 얘기를 못 듣고 돌아간 적이 있어 오늘도 내심 긴장하고 왔습니다. 그런데 이렇게 친절하게 대해 주시니 어찌할 바를 모르겠습니다."

내가 이렇게 말하자 모두들 한바탕 크게 웃었다. 스님은 나를 알아보고는 미소를 지으며 그때는 미안했다고 사과를 했다. 다들 무언가 오해가 있었던 모양이라며 밝은 웃음을 지었다. 나 또한 긴장이 풀리고 마음이 편안해졌다.

스님은 1938년에서 1945년까지의 과거장을 우리에게 넘겨주었다. 우리는 조심스럽게 과거장을 넘겨가며 검토 작업에 들어갔다. 그동안에 주지 스님은 인근 사찰과 종단 관계자들에게 한인 희생자 유골 수습에 대해 협조를 구하는 전화를 했다. 진심어린 행동에 감동이 느껴졌다.

과거장은 희생자 명부다. 한인 여부, 희생자의 나이와 주소, 사망일자와 사망 원인 등이 기록되어 있다. 희생자 유골 조사의 기초 자료이며, 이를 토대로 수습 작업에 착수하게 된다. 장수원의 과거장 덕

장수원 시라토 카즈오 주지 스님과 함께 과거장을 살펴보고 있다.

분에 70여 명 한인 희생자들의 유골 명부를 찾아낼 수 있었다. 우리는 각자가 찾은 것을 대조하며 흥분을 감출 수 없었다. 시청으로 가야 하는 차례였다. 시청에는 한인 명부의 매화장인허증, 사망자 원적지 확인 등 여러 절차가 기다리고 있는 것이다.

우리가 하는 일에 정해진 매뉴얼이 있을 리 없다. 우리 스스로 길을 개척해야 했다. 우리의 발자국이 길이 되는 것이다. 시행착오가 불가피했다. 좀 더 체계적인 방법이 없을지를 계속 고민하고 연구했다. 대일항쟁기위원회를 찾아가 조언을 구했고, 일본의 학자와 전문가들로부터 과학적인 유골 조사와 발굴 요령을 습득하기도 했다. 우리는 그렇게 계속 고민하고 연구를 해야 했다.

2009년 1차 봉환은 아쉬움이 많이 남았다. 2차 봉환은 철저하게 준비해 아쉬움이 없도록 하자고 모두들 다짐했다. 그렇게 후쿠시마의 사찰을 찾아다닌 끝에 한인 희생자 1,000여 명의 명부를 찾아냈고, 100위 넘는 희생자 유골을 조사했으며, 31위의 유골 신원을 최종적으로 확인했다. 모두 탄광에서 희생된 한인들의 유골이었다. 마침내 일본 정부로부터 유골을 고국으로 봉환할 수 있다는 통보를 받았다. 그 순간, 기쁘기도 했지만 명부에 있는 유골을 모두 확인하지 못한 것이 못내 아쉬웠다.

2차 31위를 국내로 봉환하는 준비에 들어갔다. 명부를 대일항쟁기위원회에 보내 확인을 의뢰하는 한편, 일본 정부를 통해 봉환 절차를

장수원에서 위패를 태우는 의식을 치르고 있다. 위패를 태우고 남은 재는 강제동원 현장에 뿌렸다.

장수원에서 열린 강제동원 한인 희생자 유골 봉송식.

밟아 나갔다. 모든 행정 절차를 마무리하고 장수원 시라토 주지 스님의 배려로 사찰 내 대웅전에서 추도식을 거행했다. 도움을 준 여러 기관의 관계자들이 참석했으나, 우리 대사관이나 영사관에서는 이번에도 아무런 소식이 없었다.

추도식을 올리기 전에 위패를 하늘로 보내는 의식을 치렀다. 나무로 된 위패를 한곳에 모아 불을 붙였다. 활활 타오르는 불길을 보며 구천을 떠도는 억울한 영혼이 위안을 얻을 수 있기를 간절히 기원했다. 위패를 태우고 남은 재는 강제동원 현장에 뿌렸다. 원한은 여기에 다 내려두고 고국으로 가자는 뜻이었다. 위패 추도식이 끝나고 한국에서 준비해 간 새 위패로 추도식을 시작했다. 거의 2시간에 걸친 추도식은 1차 때보다 소박하게 진행되었다.

'이제 그리운 고향으로 돌아갑시다. 낯선 땅에서의 아픔은 다 내려놓고 어머니의 품으로 돌아갑시다.'

추도식 내내 나는 그렇게 빌고 또 빌었다.

그날 오후, 아태협 한국 본부로부터 이상한 연락을 받았다. 이번 유골 봉환행사에 한국의 한 단체에서 참여하겠다며 후쿠시마 공항에 도착해 있다는 것이었다. 영문을 알 수 없었다. 일면식도 없는 사람들이 엄숙한 봉환행사에 참여하겠다니 선뜻 이해할 수 없었다. 그렇다고 후쿠시마까지 날아온 한국사람들을 돌려보낼 수도 없었다. 고민 끝에 이튿날의 행사 참여를 허락했다.

공항 추도식에서 어처구니없는 일이 벌어졌다. 이 단체 회원들은 추도식에는 관심이 없고 홍보용 사진 촬영에 여념이 없었다. 일본 스님들이 행사에 방해가 된다며 주의를 주고 밖으로 내보내려 해도 그들은 안하무인이었다. 나는 아찔했다. 같은 한국사람으로서 부끄럽기 짝이 없었다. 애당초 참석시키지 말았어야 했는데 하는 후회가 밀려왔다. 그렇다고 추도식을 중단할 수도 없었다. 일본사람들에게 머리를 숙이고 추도식을 계속 진행했다.

그런 소란 끝에 2010년 11월 22일 2차 봉환을 하게 되었다. 1차 봉환에 이어 15개월 만이었다. 후쿠시마 탄광 희생자 유골 31위를 모시고 후쿠시마 공항에서 항공기에 탑승했다. 봉환 과정에서 더 이상 문제가 없도록 만전을 기했다. 1차 봉환 때 부족했던 점을 보완해 더 철저하게 준비를 했다. 대일항쟁기위원회에서도 겉으로 드러내지는 않았지만 사업 추진에 만족해하는 분위기였다. 사업 추진 상황을 수시로 보고하고, 조언과 검토를 요청했기 때문이었다.

천안 망향의 동산에서 100여 명이 참석한 가운데 안치 추도식을 거행했다. 행사는 경건한 마음으로 정성을 다해 진행했다. 나뿐만 아니라 추도식에 참석한 모든 사람들의 마음이 그러했다. 추도식을 마치고 나오는데 2차 봉환에 도움을 준 여러 사람들의 얼굴이 눈앞을 스쳐지나갔다. 이 일은 나 혼자서는 추진할 수 없다. 반드시 주변의 도움이 있어야 한다. 촘촘한 관계망 속에서만 사업 추진이 가능하다.

한국과 일본에 있는 여러 사람들의 헌신적인 노력이 없다면 여기까지 올 수 없었을 것이다. 나는 한 사람 한 사람의 이름을 소리 내지 않고 불러보았다. 그렇게라도 고마운 마음을 전하고 싶었다.

나는 대일항쟁기위원회를 방문해 안치 완료를 보고했다. 위원회 오일환 박사(조사팀장)는 정부 지원도 없이 힘든 일을 아태협에서 정확하고 책임 있게 잘 해냈다며 격려를 해주었다. 처음이었다. 그동안 정부당국은 유골 봉환사업을 만류했으니 실로 놀랄 만한 반응이었다. 그의 격려는 나에게 용기를 북돋아주었다.

2차 봉환 행사가 끝난 후 어이없는 일이 벌어졌다. 후쿠시마 추도 행사장에서 소란을 피운 그들이 유골 발굴과 봉환사업을 수년간 해왔다고 떠들썩하게 홍보를 하는 기사가 나온 것이었다. 도저히 묵과할 수 없는 일이었다. 그들에게 전화를 걸어 자초지종을 따졌다. 얼마 지나지 않아 당시 일행이었던 대각 스님이 아태협 서울 사무실로 찾아왔다. 스님은 그들이 봉환사업 당사자인 줄 알고 후쿠시마에 따라갔는데, 현지 분위기를 보니 일이 잘못 되었다는 것을 깨달았다고 했다. 그리고는 나에게 정중하게 사과를 했다. 스님이 무슨 죄가 있겠는가. 선의를 가진 사람들이 속거나 피해를 당하는 상황이 전개된 것이었다.

이러한 사실을 대일항쟁기위원회에 알리고 제재를 요구하고 싶었다. 하지만 위원회는 사법권이 없었다. 게다가 순수한 열정으로 진행했던 사업이 밥그릇 싸움으로 비쳐질까 싶어 그만두고 말았다. 이역만리에 끌려가 온갖 고초를 겪다 스러진 영혼 앞에서 무슨 추태란 말인가. 이렇듯 강제동원 희생자 유골 봉환사업과 관련된 곳곳에 사이비, 브로커들이 활개를 치고 다닌다. 부끄럽게도 나도 사기를 당해 큰돈을 날린 적이 있었다. 세상 어떤 곳에도 선의가 곧이곧대로 통하지 않는다는 것을 이 사업을 하면서 뼈저리게 느꼈다.

2010년에 만난 한 사람의 얘기를 덧붙인다. 친구 김병규에게 연락을 해서 부친을 같이 만나고 싶다고 했다. 김병규는 선선히 그러자고 했다. 그렇게 해서 김병규의 부친 김용태 옹을 만나게 되었다. 김용태 옹은 크게 알려진 인물은 아니지만 그렇다고 평범한 인물은 아니다. 박정희 대통령의 조카사위이자 김종필 총리의 손아래 동서로 한때 청와대 경호실에서 근무를 했으며, 1965년 한일협정의 초석을 놓은 것으로 알려져 있다. 그러한 이력 때문에 당시 일본의 유력 인사들과 친분이 깊었다. 한마디로 한 시대를 풍미한 인물이었다. 나는 김용태 옹의 일본 인맥이 필요했다.

그는 평범한 아파트에서 부인과 함께 살고 있었으며, 노환 때문에 바깥출입은 거의 어려운 형편이었다. 반갑게 나를 맞이한 그는 이야기보따리를 한참 풀어놓았다. 그 보따리에는 귀를 솔깃하게 만드는 사연들이 가득 들어 있었다. 격동의 시기에 권력 핵심부에서 온갖 일을 다 겪었으니 오죽할까. 몇날며칠을 들어도 끝나지 않을 이야기였다. 나는 적당한 선에서 말허리를 자르고, 내가 방문하게 된 사정을 조심스럽게 얘기했다. 요지인즉슨 유골 봉환사업에 도움이 될 만한 일본의 유력인사를 소개해 달라는 것이었다. 그는 뜸을 좀 들이더니 시간이 많이 흘러 일본 인사들과는 대부분 연락이 끊겼다며 한 사람을 언급했다. 재일한국인이자 야쿠자의 유력 보스인 마츠야마 신이치(松山眞一)였다. "조국을 사랑하는 마음이 지극한 분이지. 우리나라가 자금도 변변찮은 힘든 시기에 최초 국군의 날 여의도 행사 자금도 지원해주셨지! 자네가 좋은 일을 하고 있다는 사실을 알게 되면 아주 기뻐하고 어떻게든 도움을 줄 걸세."

김용태 옹은 그 자리에서 부탁하지도 않은 서신을 정성스럽게 써주었다. 나는 옹에게 은혜는 잊지 않겠다고 정중하게 인사를 하고 헤어졌다. 그리고 곧장 일본으로 건너가 도쿄 긴자에서 마츠야마라는 분을 만났다. 그분도 김용태 옹처럼 구순을 바라보는 노인이었지만 눈빛은 형형했다. 유골 봉환사업에 뛰어들게 된 경위와 경과를 설명하고 김용태 옹의 서신을 보여주었다. 서신을 유심히 읽어 본 마치야마 옹이 고개를 끄덕였다.

"일본에서는 전쟁이 나면 조상 유골부터 안전한 곳으로 모시지요. 아마 일본 땅에 한인 유골이 꽤 많이 묻혀 있을 겁니다. 그걸 민간단체가 발굴해서 봉환하겠다니 참으로 의미 있는 일을 하는군요. 앞으로 필요한 일이 있으면 언제든지 연락을 주세요. 나이도 많이 먹었고 큰 힘은 없는 사람이지만 힘닿는 데까지 돕도록 하겠습니다."

노인이 억세 보이는 손을 내밀었다. 나는 온기와 함께 만만치 않은 힘을 느낄 수 있었다. 그렇게 해서 또 한 사람을 얻게 되었다.

후쿠시마 쓰나미와 62위

    2011년 1월, 3차 유골 발굴을 시작하기 위해 아태협 이사회를 소집했다. 협회 회의실에 모인 이사들은 그동안의 강행군으로 모두들 지쳐 있는 표정이 역력했다. 나는 이사들 앞에서 무슨 말을 해야 할지 난감했다. 고생한 만큼 보상을 해주어야 했지만 나날이 어려워지는 협회 살림살이는 그럴 형편이 못 되었다. 그 사이 협회를 떠난 사람도 있었다. 힘들어도 같이 가자고 달래도 보고 설득도 해보았지만 끝내 붙잡을 수 없었다. 그때마다 나의 속마음은 무너지고 또 무너졌다. 누구를 탓할 수도 없었다. 내가 벌인 일, 모든 게 내 탓이었다. 그래도 끝까지 같이 가겠다고 하는 사람들이 남아 있어 위안으로 삼았다. 2차 봉환에 얽힌 이런저런 에피소드를 소재로 이야기를 주고받은 후에 회의를 시작했다.

    "많이들 힘드시지요. 여러분 덕분에 여기까지 오게 되었습니다. 저 혼자서 어떻게 이런 큰일을 감당할 수 있겠습니까. 지나간 일들이 다

꿈만 같습니다. 온전히 여러분 덕분입니다. 죄송하지만, 조금만 더 힘을 내주시길 부탁드립니다. 1차 봉환에 이어 2차 봉환이 이뤄지면서 많은 사람들이 격려와 성원을 보내주고 있다는 걸 여러분도 잘 알고 계실 겁니다. 그동안 부족한 저를 믿고 함께해주셔서 진심으로 감사드리고, 그 믿음으로 계속 함께 갈 수 있기를 바랍니다."

그렇게 남아 있는 동지들을 추슬러 3차 봉환 준비에 들어갔다.

일본으로 건너가 3개 팀을 구성해보자고 제안했다. 1팀 후쿠시마현 이와키, 2팀 홋카이도, 3팀 필리핀이었다. 필리핀이 나오자 반응이 신통치 않았다. 어느 누구도 선뜻 나서지 않았다. 필리핀은 일본과 비교할 때 모든 조건이 열악하다는 것을 잘 알고 있었다. 그렇다고 필리핀을 포기할 수는 없었다. 필리핀에도 얼마나 많은 한인들이 끌려갔던가. 그 사실을 뻔히 알면서도 힘이 든다고, 비용이 더 들어간다고 물러설 수는 없었다. 왜 필리핀에 가야 하는가? 그 당위성을 나는 일본 위원들에게 차분히 설명했다. 그들이 진심으로 고개를 끄덕였다.

필리핀 조사는 아태협 부회장인 아사노 게이스케(淺野馨介) 선생을 믿고 제안한 것이었다. 그는 미야나가 회장과 비슷한 연배로 일본 황실의 친척이었으며, 태평양전쟁 당시 필리핀 동원 희생자 유골을 40여 년 조사해 온 베테랑이었다. 그런 아사노 선생이 있기에 필리핀 조사를 구상하고 추진할 수 있었다. 필리핀은 섬이 많고 지리 지형이

아사노 게이스케 아태협 부회장. 아사노는 일본 황실의 친척이며, 필리핀 동원 희생자 유골을 40여 년 조사해 온 베테랑이다.

복잡하고 날씨 변화가 심할 뿐만 아니라 치안도 불안해서 경험이 풍부한 사람이 아니면 접근하기가 어려웠다. 아사노 선생을 필리핀 발굴단장으로 선임하고 일을 시작했다.

나는 시즈오카현과 아이치(愛知)현을 다니며 종교단체 관계자들에게 한인 희생자 자료를 알아봐달라고 부탁하고 후쿠시마로 향했다. 현장에 도착한 후 팀을 두 개로 나누었다. 한 팀은 2010년부터 조사해온 유골을 검수한 후 다른 유골도 조사하기로 했다. 다른 한 팀은 이와키 매장지역 발굴 허가를 받기 위해 시청을 방문하는 한편, 유골 발굴에 필요한 장비를 준비하고 마을 주민들의 협조를 얻기로 했다. 산림을 훼손하는 유골 발굴을 하려면 인근 사찰과 납골시설의 자료 확보, 생존자 증언, 현장 확인 등 많은 절차를 거쳐야 하며, 특히 현지 주민들, 유관 기관 관계자들의 도움이 중요하다.

2011년에도 후쿠시마를 중심으로 활동을 계속했다. 여기저기 수소문을 하고 발바닥이 닳도록 다닌 끝에 유골 62위를 수습해 바닷가 사찰 납골시설에 보관해두고 후속업무를 이어갔다.

그러나 대비극의 3월 11일, 쓰나미가 후쿠시마를 뒤덮었다. 수많은 일본인들이 쓰나미에 휩쓸려갔다. 후쿠시마에 머물던 나는 3월 8일 귀국을 했다. 일 때문에 잠시 귀국한 사이 후쿠시마에 재앙이 닥친 것이었다. 후쿠시마에 사흘만 더 머물렀다면 현재 나는 이 지상에 존재하지 않을 것이다. 하늘이 도왔다고 말할 수밖에 없다. 죽음을

아태협이 후쿠시마 현지에 만든 쓰나미 피해 지원대책본부.

후쿠시마 쓰나미 현장. 납골시설에 보관해 둔 한인 희생자 유골 62위가 쓰나미에 쓸려가고 말았다. 방사능 피폭 위험을 무릅쓰고 납골시설이 있었던 현장을 확인하고 있는 저자.

피했다고 안도의 한숨을 쉴 수는 없었다. 바닷가 사찰 납골시설에 보관해둔 유골이 눈앞에 어른거렸다.

곧바로 현지로 달려가고 싶은 마음이 굴뚝같았다. 하지만 위험천만한 그곳은 접근이 불가능했다. 초조한 심정으로 비극의 폐허지역이 개방되기를 기다렸다. 2개월이 지나서야 현장 접근이 가능했다. 나는 지체 없이 후쿠시마로 달려갔다. 도쿄를 거쳐 후쿠시마로 가는 여정은 여느 때와 달리 그렇게 더딜 수 없었다.

후쿠시마 피해현장은 한마디로 참혹했다. 한국에서 텔레비전 화면으로 볼 때보다 훨씬 더 참담했다. 바닷가 근처 대부분의 건물은 흔적 없이 사라지고 없었다. 곳곳에 건물 잔해와 쓰레기가 산처럼 쌓여 있었다. 너무나 비현실적인 풍경이 펼쳐졌다. 한순간에 세상이 이렇게 바뀔 수 있나 싶었다.

한참 동안 나는 망연자실해서 우두커니 서 있었다. 정신을 차리고 앞으로 해야 할 일을 챙겨 보았다. 우선 이재민을 도와야 한다는 생각이 들었다. 그동안 일본의 도움을 많이 받았는데, 이런 엄중한 상황에서 팔짱을 끼고 있을 수는 없었다. 아태협 차원에서 쓰나미 대책본부를 만들었다. 피해복구 지원 한국 민간지원단을 만들어 자원봉사단을 모집했고, 생필품을 이재민들에게 전달했다.

그런 다음에 곧장 납골시설로 달려갔다. 한곳에 모셔둔 유골을 확인해야 했다. 발걸음이 천근만근 무거웠다. 이런 상황에서 납골시설이 무사할 리 없다는 불안감이 가슴을 짓눌렀다. 현장 근처에 도착하니 예상대로였다. 그곳은 잔해만 군데군데 남아 있었다. 머릿속이 하얗게 변했다. 스님의 행방도 찾을 길이 없었다. 여러 사람에게 물어보았지만 모두 고개를 저었다. 혹시나 하는 마음에 유골보관 장소에 가보려 했지만 접근이 안 된다고 했다. 방사능 오염 때문이었다. 일본당국이 취할 수 있는 당연한 조치였다. 나는 물러설 수 없었다. 62위의 유골은 온갖 고생을 다해 수습한, 그 무엇과도 바꿀 수 없는 소중한 것이었다. 유골이 어떻게 되었는지 두 눈으로 확인을 해야 했다. 출입통제를 관리하고 있는 공무원도 물러서지 않았다. 한동안 옥신각신 실랑이가 벌어졌다. 결국 자술서를 썼다.

  모든 책임은 나의 일방적인 것이며 일본당국의 책임은 묻지 않겠다.

이것이 출입 엄금의 문을 간신히 열어주었다.
나의 곁에는 간다 형이 있었다. 누구 못잖게 그는 얼마나 위험한 곳인가를 잘 알고 있었다. 특히 방사능 피폭은 치명적이라는 사실을 모를 리 없었다. 그럼에도 나의 곁을 떠나지 않았다. 간다 형을 잠시 바라보며 나는 누군가와 이런 동행을 할 수 있을까 하는 생각이 들었다. 그는 나와 끝까지 동행하겠다고 했다. 나는 말없이 고개를 끄덕였다.

유골은 찾을 길이 없었다. 유골보관 장소도 흔적만 남아 있을 뿐이었다. 나는 무릎을 꿇었다. 눈물이 쏟아졌다. 계속 흐느껴 울었다. 조금만 더 빨리 움직였으면 그리운 고향땅으로 모실 수 있었을 텐데 하는 아쉬움과 죄책감이 밀려왔다. 그날 저녁 후쿠시마 방송에는 한국의 평화단체장이 위험을 무릅쓰고 동일본 대진제의 희생자를 위로하기 위해 현장을 방문했다고 나왔다.

2012년 3차 36위 봉환

아태협은 쓰나미 피해 지원 방안을 협의하고 다각도의 계획을 세웠다. 시간이 지날수록 방사능 유출이 심각하다는 언론보도가 나왔다. 원자력발전소 인근 지역 수십 킬로미터는 7~8센티미터 지면이 오염돼 있어 30센티미터 이상 표면 제거 작업을 해야 한다는 얘기도 있었다. 피해는 언제쯤 복구될 것인가? 예측하기가 어려웠다. 이런 상황에서 유해 발굴 작업을 계속할 수는 없었다. 그렇다고 손을 놓고 있을 수도 없었다. 아태협 위원들과 도움을 받을 수 있는 사람들을 찾아 나섰다.

종교법인 천덕궁(天德宮)의 미아가와 요시오(宮川良雄) 총재를 만난 것은 큰 소득이었다. 그는 쇼와(昭和) 천황의 재무 담당자였고, 재단법인 태평양전쟁 전몰자위령협회의 운영자이자 재력가로, 일본 국립공원 후지산 중턱에 26만4,000여 제곱미터(8만여 평)를 성지로 조성한 장본인이다. 태평양전쟁 말기 천황의 지시로 황궁에 있던 금괴 등

81

2012년 12월 이와키시에 설치된 강제동원 한인 희생자 유골 발굴 현판.

을 이곳으로 옮겨 보관했다고 한다. 촛불을 피우면 촛농이 한쪽으로만 흘러내리는 신기한 현상이 일어나는 곳이기도 하다. 미아가와 총재는 아태협에서 도움을 요청하자 흔쾌히 일본 유력 인사들과 연결해 주었다.

쓰나미 피해 지역이 안정화 단계에 접어들자 우리도 즉시 재가동에 들어갔다. 조사팀은 쉽게 꾸릴 수 있었다. 쓰나미 직전에 이와키에서 희생자 유해 발굴 작업을 준비하고 있던 팀을 거의 그대로 재편성한 것이었다. 이와키시에서 2012년 12월 6일부터 유해 발굴이 가능하다는 통보가 왔다. 평화교류협회는 '太平洋戰爭時 强制動員 韓國人犧牲者 遺骨發掘'(태평양전쟁시 강제동원 한국인희생자 유골발굴)이라는 현판을 작업 개시 열흘 전부터 현장에 설치했다. 이틀 후 이와키시의 유해발굴 지원 단체에서 급한 연락이 왔다. 일본 극우단체에서 현판을 보고 강한 항의를 했다는 반갑지 못한 소식이었다. 나는 현판 설치 장소로 달려갔다. 현장의 목소리를 들으니 일본 극우단체에서 '강제동원'이라는 표현을 바꾸든지, 그것이 어렵다면 아예 철거하라고 거칠게 주장했다는 것이다.

일본 극우단체 입장에서는 '강제동원'이라는 표현을 수용하기가 어려울 것이었다. 우리는 '강제동원'이라는 표현을 바꿀 수 없고, 현판을 철거한다는 것은 더더욱 있을 수 없는 일이었다.

나는 극우단체 관계자들과 이와키에 있는 아태협 지부 사무실에서

이와키시에서 강제동원 한인 희생자 유해를 발굴하고 있는 아태협 유해발굴위원단.

만나기로 했다. 특별히 할 말은 없었다. 우리 협회가 이 일을 하는 취지와 그동안의 경과를 설명하면서 협조를 부탁했다. 그리고 일본의 유력 인사 몇 명과 전화 연결을 해주었다. 통화가 끝나자 그들의 태도가 돌변했다. 자신들의 행동에 대해 사과를 하며 앞으로 필요한 일이 있다면 적극적으로 돕겠다고 했다. 이런 일은 처음 겪는 게 아니었다. 여러 차례 일본 극우단체의 저항에 직면했다. 협회 일본 위원들이 협박을 당하기도 했고, 심지어 그들과 몸싸움을 벌이기도 했다.

2012년 12월 6일부터 본격적인 한인 희생자 유해 발굴 작업에 착수했다. 따뜻한 날에 작업을 하면 좋을 텐데 하필 추운 겨울에 발굴 작업을 하느냐고 의아해 하는 사람들이 있다. 사정은 이렇다. 타국에서 산림을 훼손하고 땅을 파야 하는 유해 발굴은 간단치 않은 일이다. 허가가 아주 까다롭다. 그런 까닭에 허가가 나는 즉시 작업에 들어가야 한다. 시간을 끌다가는 돌출 변수를 만나 일이 어그러질 수 있는 것이다. 또한 발굴 허가 즉시 작업을 시작해야 경비를 한 푼이라도 아낄 수 있다. 시간이 돈인 것이다. 그런 까닭에 한겨울에도 악천후만 아니면 작업을 강행해야 했다.

도호쿠에는 겨울이 빨리 찾아온다. 수년 전부터 유골 발굴 작업 허가를 받으려고 준비해왔는데, 쓰나미 탓에 지연되었다. 장수원의 과거장, 시라토 주지의 보관 자료와 증언, 인근 마을 생존자 증언 등을 종합해보건대 한인 300여 명의 유골이 매장돼 있는 것으로 추정되었다. 이와키시청과 종교단체·민간단체의 협조를 얻어 유해 발굴을 시작했다.

굴삭기 2대와 작업자 30여 명이 투입되었다. 발굴 1팀은 소형 굴삭기로 매장 추정지를 파냈고, 발굴 2팀은 흙더미를 헤집으며 유해를 찾았다. 유해 발굴이 목적이기 때문에 조심스럽게 흙을 다루어야 했다. 그 과정과 분위기는 문화재 발굴 작업과 다를 바 없다. 한참 작업이 진행되는 가운데 미야나가 회장이 소리를 질렀다.

"유골이다!"

그분의 주변으로 사람들이 우르르 모여들었다. 누가 보아도 희생자 유해의 일부가 분명했다. 서로 악수를 하며 기쁨을 나누었다. 이곳을 조사한 지 3년 만의 일이었다. 함께 있던 간다 고문도 실감이 나지 않는 표정이었다. 조사위원들은 유해에 잔뜩 묻어 있는 석탄과 흙을 붓솔로 깨끗하게 털어냈다. 그날 오후 늦게까지 발굴 작업이 계속되었지만 더 이상의 유해는 찾을 수 없었다.

갑자기 찬바람이 매섭게 몰아쳤다. 바람이 얼마나 거센지 눈을 뜰 수 없었다. 기온도 뚝 떨어졌다. 한겨울 야외에서 온종일 작업하는 것도 힘든데 거센 바람까지 몰아치자 온몸이 마비될 지경이었다. 나는 작업을 중단하고 사람들을 불러 모았다.

"더 이상 작업은 힘들겠습니다. 오늘은 여기서 끝내도록 하겠습니다."

발굴위원들은 장비를 정리하고, 작업 중에 나온 쇠막대기, 옷조각

등을 한곳에 모아둔 채 숙소로 철수했다.

이튿날 새벽, 나는 시장을 찾아가 한국식 제수음식을 장만했다. 숙소로 돌아와 아침식사를 하며 발굴위원들에게 말했다.

"어제 조상들이 묻혀 있는 곳에 인사를 올리지 않고 작업을 한 게 마음이 걸리네요. 오늘 작업에 들어가기 전에 간단하게나마 추도제를 지낼까 합니다."

오전 8시 30분경 현장에 도착했다. 매서운 바람과 추위는 여전했다. 발굴위원단은 제수를 놓고 추도식을 진행했다. 성심을 다해 조상들께 인사를 올렸다. 추도식이 끝난 후 얼마 지나지 않아 거짓말 같이 바람이 숙지막해졌다. 주민들은 한겨울에도 눈이 내리지 않고 바람도 심하게 불지 않는 곳인데 정말 이상한 일이 일어났던 거라며 수군거렸다.

다시 발굴 작업에 들어갔다. 뼛조각이 계속 나오는데 온전한 것은 없었다. 이런 경우는 아주 드물었다. 동행한 시라토 스님이 이유를 설명해주었다.

"이곳은 석탄을 채굴하던 곳입니다. 그래서 시체에 석탄 잔해가 덮이기 마련이고, 그렇게 되면 시체에 물과 습기가 고여 유해가 온전한 상태를 유지할 수 없는 것입니다."

2미터 정도 파내니 흙과 석탄이 섞여 있고, 그 사이에 유해가 나왔다. 힘들게 유해를 발굴하고도 신원을 확인할 수 없는 것이 안타까웠다. 신원을 확인해야만 고국으로 모셔갈 수 있다. 이런 경우에는 과학적인 조사가 필요하다. 미국이나 일본처럼 DNA 검사를 하면 한인 희생자인지 아닌지 확실하게 판별할 수 있다. 한국 정부 차원에서 강제동원 희생자 유족들의 DNA 샘플을 채취해 체계적으로 관리하면, 발굴된 유해를 DNA와 대조해 신원 확인뿐만 아니라 강제동원 장소와 사망 원인까지 알 수 있다. 하지만 한국 정부의 미온적인 태도를 감안하면 꿈도 못 꿀 일이다. 나는 한국정부에 그나마 희생자 유족이 생존해 계실 때 DNA 데이터베이스를 구축해야 한다는 건의를 여러 번 했지만…….

이와키의 여러 사찰에 흩어져 있는 광산 희생자 유골 60위를 수습해 확인 과정을 거쳐 일본 당국(해당 지방관청 및 후생성)에 신고했다. 얼마 후 36위의 봉환 허가를 받았다. 겨울 추위가 닥치면 봉환에 문제가 될 수 있어 서둘러 봉환 준비에 들어갔다. 도쿄의 주일한국대사관과 총영사관 및 도쿄 민단본부, 서울의 대일항쟁기위원회 등에 봉환 명부를 보내 확인을 요청했다.

2012년 12월 27일, 시라토 주지 스님의 배려로 장수원에서 추도 행사를 진행할 수 있었다. 행사를 마치고 곧바로 도쿄로 가야 하기 때문에 아침부터 분주하게 준비를 했다. 일본에서 추도 행사는 세 번째여서 제수 음식 장만부터 제단 설치, 현수막 설치, 유골 준비 등을 모두가 알아서 잘 처리해 나갔다. 유골은 가능하면 보관 상태 그대로

2012년 12월 28일 김포공항을 통해 봉환된 강제동원 희생자 유골 3차 36위.
사진 가운데가 자원봉사를 나온 안산 중앙중학교 학생들이다.

모셔가야 하기 때문에 한국에서 준비한 사각나무 케이스에 유골함을 넣어 태극기로 케이스를 정성껏 감쌌다.

오전 11시경 추도식을 거행했다. 70여 년간 한 많은 이국땅에서 구천을 떠돌던 억울한 영혼을 위로하는 행사가 2시간쯤 진행되었다. 이제 고국으로 돌아가면 그동안의 고통은 모두 내려놓고 좋은 곳으로 훨훨 날아가 안식을 취하기를 간절히 기도했다.

유골 봉송식을 마치고 도쿄로 가기 전에 들러야 할 곳이 있었다. 강제동원 현장이었다. 아태협 일본 위원들도 "유해 발굴 장소에 가서 지금까지 찾지 못한 희생자들에게 인사를 드려야 한다."고 했다.

우리는 발굴 현장으로 향했다. 수습하지 못한 유골이 남아 있다고 생각하니 가슴이 먹먹했다. 시간과 비용이 아쉽기만 했다. 조금 더 시간이 있고, 조금 더 비용이 있다면 더 많은 유골을 찾아낼 수 있을 텐데 하는 아쉬움이 가슴을 찔렀다. 유골을 수습해 고국으로 모신다는 보람보다는 더 많이 발굴하지 못한 아쉬움이 가슴을 짓눌렀다. 우리는 현장을 천천히 둘러보았다. 모두들 말이 없었다. 나는 현장의 흙을 손으로 만지며 상념에 사로잡혔다. 노예처럼 시달리다가 숨을 거두었을 수많은 선조들이 눈앞에 어른거렸다. 선조들의 땀과 피, 영혼과 함께했을 흙을 움켜쥐며 용서를 구했다.

후쿠시마에서 도쿄까지는 승용차로 4시간이 걸린다. 여러 날 봉환 준비를 하느라 피곤한 상태여서 도쿄에 도착하면 하루는 쉬어야 했다. 저녁 8시가 넘어서야 도쿄에 도착했다. 기다리던 사람들과 늦은 저녁식사를 함께 했다. 시나가와 근처에서 하룻밤을 묵은 후 아침 일찍 하네다공항으로 출발했다.

그동안 함께해온 일본 위원들과 헤어질 때마다 고마움과 미안함이 교차했다. 지금 헤어지면 얼마 지나지 않아 다시 일본을 찾겠지만 그들에게 미안한 마음은 어쩔 수 없었다. 특히 팔십대 중반인 미야나가 회장의 건강이 걱정되었다. 사업을 위해 고향인 포항을 떠나 서울로 왔던 나는 유골 봉환 때문에 포항보다 일본을 더 자주 찾게 되었다. 한 해 평균 6~8개월은 강제동원 유골을 찾아 다녔다. 일본이 또 다른 고향으로 느껴질 정도였다.

대한해협을 지나 유골을 가슴에 안고 김포공항에 도착했다. 유골의 주인공들이 한때 평화롭게 살던 땅, 꿈에도 그리던 조국으로 70여년 만에 돌아왔다. 공항에는 많은 분들이 나와 우리를 반겨주었다. 그중에 어린 학생들이 눈에 띄었다. 안산 중앙중학교에서 자원봉사를 나온 학생들이었다. 잊혀져가는 역사의 현장에 어린 학생들을 인솔해온 이수경 선생님의 큰 뜻에 감동했다. 공항에 나온 학생들을 보며 희망과 용기가 일어났다. 학생과 교사가 이 일의 참뜻을 알아주기를 바라는 마음이 간절하다. 역사와 평화를 모르고서야 다른 공부가 무슨 의미가 있겠는가.

김포공항의 협조로 공항 노제를 무사히 마쳤다. 경기지방경찰청에서는 유골을 실은 운구차를 충청북도 경계선까지 호위해주었고, 충북지방경찰청에서는 천안 망향의 동산까지 에스코트를 해주었다. 경우회에서도 망향의 동산 안치 추도행사의 경호를 비롯해 여러 가지 일을 성심성의껏 도와주었다. 그밖에 많은 분들이 추도식 행사에 함께해주었다.

영하 10도의 추운 날씨였다. 아태협 일본지부 상임고문인 구말모(야마구찌 대츠오, 山口哲雄) 선생이 일본에서 천안까지 함께 왔다. 나는 그 각별한 의미를 아로새기지 않을 수 없었다.

구말모 선생은 재일 한국인 2세로 일본 시가(滋賀)현 모리야마(守山)에서 태어나 와세다대학 정치경제학부를 졸업했다. 북송된 누이를 만나러 북한에 다녀온 대가로 1971년 한국 방문 때 간첩조작사건에 연루돼 10년 간 억울한 옥살이를 했다. 그 후로는 일본에서 한반도의 평화통일운동에 앞장섰다. 일본에서 자이니치로 살아온 고단한 여정, 간첩단 사건에 연루된 피맺힌 사연, 한반도의 평화통일운동에 나서기까지의 감동적인 과정을 담은 자서전 『이산 아리랑』이 2013년 출간되었다.

구 선생은 재일대한민국민단 도쿄본부 권익옹호위원장과 평화통일추진위원장 등을 맡으며 재일동포의 권익 신장과 조국의 평화통일운동에 앞장섰고, 강제동원 희생자 유골 봉환사업에도 몸을 사리지 않고 도와주었다. 2010년에는 모진 고문과 옥살이 후유증으로 심장

강제동원 희생자 유골 안치 추모행사에서 추도사를 하고 있는 구말모 아태협 일본지부 상임고문. 구말모 상임고문은 재일대한민국민단 도쿄본부 권익옹호위원장과 평화통일추진위원장 등을 맡으며 재일동포의 권익 신장과 조국의 평화통일운동에 앞장서고 있다.

병이 도져 대수술을 받았다. 칠십대 노인이 심장병으로 대수술을 받는다는 것은 여간 위험한 일이 아니었다. 선생 주변에서 걱정을 많이 했다. 다행히 수술이 잘 돼 큰 고비는 넘겼다. 나는 여러 차례 병원에 찾아가 건강이 회복되기를 진심으로 빌었다. 회복 단계에서 선생은 몸은 움직일 수 없지만 눈빛은 무언가를 갈망하듯 반짝이고 있었다. 그 눈빛을 마주한 나는 선생이 반드시 건강을 되찾을 것이라는 확신이 들었다. 다행스럽게도 선생은 굳은 의지로 병마를 이겨내고 사회활동을 다시 시작했다. 구 선생은 당신이 일본과 한국에서 겪은 비극이 당신 시대에서 마침표를 찍기를 갈망했다. 그것은 단순히 머릿속으로만 그리는 희망이 아니었다. 선생은 온몸을 던져 자신의 희망을 실현해 나갔다. 그것이 바로 평화통일운동이었다.

그날 한파 속에서 구 선생이 낭독한 추도사를 옮긴다.

오호 통재라! 오호 애재라!

추운 날씨에도 오늘 추도식에 참석해주신 모든 분들에게 진심으로 감사드립니다. 본인은 사단법인 아태평화교류협회 일본지부 상임고문을 맡고 있는 구말모입니다.

오늘 우리는 정성껏 제단과 제수를 마련해 아시아태평양전쟁 당시 강제동원되어 희생된 조상들의 유골 36위를 이곳 천안 국립 망향의 동산에 안치, 추도하려 합니다. 지금도 일본땅 여러 곳에서 끝나지 않은 전쟁의 흔적인 억울한 한국인 희생자들의 유골이 곳 곳에서 발굴되고 있습니다. 지난 10여 년 동안 희생자 유골을 조사, 수습하여 온 우리 협회는 이번이 세 번째 봉환으로, 그리운 고국땅으로 모셔와 안치를 하고 있습니다. 재일 한국인 2세로 일본 땅에서 평생을 조국통일과 번영을 위하여 살아온 본인은 무어라 표현할 수 없는 설움과 함께 감동을 느끼지 않을 수 없습니다.

수많은 전쟁과 정치의 이념, 그리고 아픈 역사를 가슴에 안고 살아온 우리 대한민국은 이제는 평화와 안정을 찾아야 될 것이며, 방치된 역사의 아픔인 본 유골 조사, 봉환사업에 한국 정부가 많은 관심을 기울여야 할 것입니다. 국민의 동참으로 각계에 홍보해 하루라도 빨리 억울하게 방치된 조상님들의 영령이나마 고국으로 모셔와 고향땅에 안치하고 추도해야 할 것입니다.

우리 일본지부에서 함께하고 있는 모든 사람들은 사단법인 아태평화교류협회가 숭고한 이 사업을 지속하는 한 동참할 것을 약속하며, 앞장서서 큰일을 도모하고 헌신해 온 아태평화교류협회 안부수 회장님과 임직원들에게 깊이 감사드립니다.

안치 행사를 무사히 치르고 서울본부 사무실로 가고 있는데 휴대전화가 울렸다. YTN 구성작가였다. 유골 봉환 소식을 들었다며 이튿날 오전 생방송에 출연 해줄 수 없느냐고 했다. 몸도 마음도 지쳐 있는 상태라 푹 쉬고 싶었지만 방송을 통해 국민들에게 이 사업의 의미를 알리는 것도 필요하다는 생각이 들었다. 이튿날 오전 방송국으로 갔다. 이 사업의 취지와 진행 상황, 과제에 대해 얘기를 풀어 나갔다.

앵커 태평양전쟁 때 일제에 강제동원되었던 희생자 36명의 유골이 어제 70여 년 만에 고국의 품으로 돌아왔습니다. 유골 봉환을 주도한 아태평화교류협회 안부수 회장을 모시고 말씀 나눠보겠습니다. 안녕하십니까? 이번에 유골이 봉환된 희생자들은 어떤 분들이었나요?

답변 아시아태평양전쟁 당시 후쿠시마 이와키시는 일본 제2의 탄광지역이었습니다. 규슈 다음으로 큰 곳이었지요. 그곳에 2,500명 정도 강제동원되었는데, 이번에 그중 서른여섯 분의 유골을 수습해서 봉환했습니다.

앵커 타국에서 발굴 작업을 벌이는 게 쉽지 않았을 것 같은데요. 가장 어려웠던 점은 무엇입니까?

답변 아무래도 시간이 많이 지나다 보니, 이와키에 과거 현장을 잘 알고 있는 생존자들이 거의 돌아가신 실정입니다. 이와키에서 3년 전부터 유골을 조사, 수습해 왔는데, 수습해 둔 62위가 2011년 3월 쓰나미에 유실되었습니다. 영원히 돌아올 수 없게 돼 안타깝지요. 일본에서도 지금은 많은 분들이 도움을 주고 있습니다.

앵커   그 당시 현장을 아는 분들의 도움을 받아서 현장을 찾아가 수습하는 과정을 밟는 거지요?

답변   기초자료를 가지고 탄광, 사찰, 관공서에 가서 과거장, 매화장인허증을 다 찾아냅니다. 그걸 보고 한인들을 찾아내 현장에 가는 것이죠. 현장 유골을 직접 확인하고 한일 정부에 통보한 후 발굴을 합니다.

앵커   돌아온 유골은 어디에 안치됩니까?

답변   천안 망향의 동산 외국인 묘역에 안치됩니다. 재일동포 등 재외교포가 돌아가신 후 한국에 묻히고 싶으면 여기에 옵니다.

앵커   이분들은 외국인이 아니잖습니까? 우리 동포들이잖습니까?

답변   동포인데 외국에서 돌아가셨기에 그렇습니다. 유족들이 많이 없습니다. 방치할 수는 없으니까 국가가 천안 망향의 동산에 안치하는 겁니다.

앵커   유족들을 찾는 것도 보통 일은 아니겠지요?

답변   이번 유골 36위 중에 유족 다섯 분을 찾았습니다. 좀 더 상세한 조사와 확인 절차를 거쳐 통보를 할 겁니다.

앵커   DNA 검사를 다 하고 찾는 겁니까?

답변   DNA 검사까지는 할 수가 없습니다.

앵커   그러면 유골의 신원이 남아 있습니까?

답변 예, 정확한 기록이 있습니다. 지금 땅 속에 있는 유골을 발굴해서 갖고 올 수는 없습니다. 여러 가지 여건상 맞지가 않습니다. 당시 탄광업자들 중에 괜찮은 사람은 사찰에 화장을 의뢰합니다. 그러면 사찰 주지가 화장을 해서 보관을 하고 있습니다. 그런 유골을 이번에 모시고 온 겁니다. 과거장, 매화장인허증을 통해 확인이 되고, 보관 내역이 다 있습니다. 처음에는 일본에서 이 자료를 잘 안 열어줬습니다. 지금은 많이 도와주고 있습니다.

앵커 이분들이 강제동원되어서 탄광에서 일하시다가 태평양전쟁 때 돌아가신 건가요?

답변 1939년부터 1945년까지가 태평양전쟁 피크입니다. 국민총동원령이 내려서 강제동원이 되었습니다. 한인 노무자들은 주로 속아서 갔지요. 돈을 많이 벌 수 있다고 해서. 항만, 탄광 같은 곳에서 고생을 많이 하고 억울하게 돌아가셨지요.

앵커 이번에 세 번째 유골 봉환을 하셨는데, 지금까지 총 몇 위를 봉환하신 거죠?

답변 2009년에 시즈오카 이즈시에서 3년간 준비해서 110위, 2010년에 이와키에서 31위를 발굴해서 천안 망향의 동산에 안치했습니다.

앵커 앞으로도 계속 이 일을 하시는 겁니까?

답변   예, 모르면 할 수 없겠지만 이제는 너무도 현장을 잘 알기에.

앵커   어떻게 아시게 됐습니까? 이런 일이 있다는 것을.

답변   들은 지는 오래 됐지요. 제가 알고 한 것은 7년 정도. 듣고는 있었지만 실행에 옮기기가 힘들었습니다. 한국에 있는 것도 아니고, 일본·필리핀 등 아시아태평양에 흩어져 있으니까요. 제가 조금 갖고 있는 것을 보태서 뜻있는 분들과 함께 단체를 설립해 활동하고 있는 것이죠.

앵커   아태평화교류협회가 민간단체이지요. 사재를 털어서 일을 하고 있는 겁니까?

답변   우리 협회 위원들 모두 그렇게 하고 있습니다.

앵커   국가에서 지원은 안 됩니까?

답변   지금은 없습니다. 우리 협회 일에 협조해주는 정부기구가 있습니다. 거기서 많은 애를 쓰고 있는데 현실적으로 어려움을 많이 겪고 있습니다.

앵커   나라에서 해야 하는 일 아닙니까?

답변   적극적으로 해주시면 고맙지요.

앵커   마지막으로, 정부 또는 국민들한테 부탁하고 싶은 말이 있으면 해주십시오.

답변   어제 김포공항에 들어왔는데, 안산 중앙중학교의 한 국어선생님이 학생들이 이 일에 꼭 동참해서 역사를 알아야 한다며 함께 와서 너무나 감격했습니다. 국민들이 이런 마음으로 우리 단체에 관심을 갖고 도와주시면 감사하겠고, 정부도 지원책을 마련해주면 감사하겠습니다.

앵커　지금도 많은 유골이 거기에 남아 있는 거지요?

답변　현장에 가면 한 곳이라도 더 가보고 싶은 마음이 생기는데 항상 그러질 못합니다. 이제는 나라가 부강하니까 우리 국민과 정부가 아직 못 돌아오신 수많은 억울한 영혼들, 조상님들 하루빨리 모실 수 있었으면 합니다. 정치, 외교, 이념은 그 후에 생각해도 될 것 같습니다.

앵커　알겠습니다. 지금까지 아태평화교류협회 안부수 회장이었습니다.

방송을 마치고 나오는데 휴대전화가 계속 울렸다. 방송 잘 봤다는 인사였다. 휴대전화를 묵음으로 돌리고 하늘을 올려다보았다. 파란 겨울하늘에 흰 구름이 드문드문 걸려 있었다. 문득 2007년 어느 날, 일본 방송에 출연했던 기억이 떠올랐다. 사업이 지지부진해 불안감에 휩싸여 있을 때였다. 조상의 유골을 고국에 모실 수 있도록 도와 달라고 호소했고, 방송을 지켜본 일본사람들이 지원을 자청해 사업은 탄력이 붙었다. 5년 후 177위의 유골을 봉환하고 우리 국민들에게 그동안의 경과를 간략하게나마 보고했다. 이제 이 사업은 한일 두

나라 국민들 마음에 작은 물길을 내고 있는 것인가, 찬바람이 허공을 훑고 지나갔다.

해가 바뀌고 2013년 1월 14일자로 대일항쟁기위원회가 사단법인 아태평화교류협회 앞으로 '국외 강제동원 희생자 유해 봉환 결과 확인의 건'이라는 제목의 공문을 보내왔다.

귀 협회로부터 태평양전쟁 당시 국외 강제동원 한국인(조선인) 희생자 유해 봉환의 건과 관련 ①후쿠시마지역 무연고자 유골안치 결과 통보(국립망향의동산관리소 앞), ②후쿠시마지역 무연고 안치자 명부, ③개장허가증 사본(하네다공항세관장·주일한국총영사관 총영사 앞) 자료를 수령하였습니다.

귀 협회가 상기 유골 자료 등을 일본 현지에서 수집·정리하고 유해를 봉환·안치한 데 대해 노고를 위로하며, 그 결과를 우리 위원회에 통지한 데 대해 사의를 표합니다. 우리 위원회는 향후 제공해 주신 자료를 토대로 피해자·유족 조사에 착수하고, 일본 정부와의 협의를 통하여 적절한 조치를 지속해 나갈 계획입니다.

이에 앞으로도 유골 찾기 및 유해 봉환 노력 등 귀 협회의 지속적인 관심과 협조를 당부드립니다. 끝.

공문 내용을 확인한 나는 웃음이 나왔다. 일제강점하강제동원피해

진상규명위원회가 아태평화교류협회의 전신인 태평양전쟁희생자 봉환위원회로 보낸 2009년 8월 20일자 '유골 봉환 행사 관련'이라는 제목의 공문에는 유골 봉환 행사를 자제해달라고 했으며, '태평양전쟁희생자 봉환위원회'라는 명칭조차 '유사명칭의 사용행위'로 간주돼 과태료 처분을 받을 수 있다고 엄포를 놓지 않았던가. 그때는 한마디로 봉환위원회 활동을 인정할 수 없다고 했던 것인데, 지난 3년 5개월 동안 세 차례에 걸쳐 177위의 유골을 봉환하자 "노고를 위로하고 사의를 표한다."는 내용으로 바뀐 것이었다. 우리 회원들은 사단법인 아태평화교류협회의 진심어린 행동을 드디어 정부기관에서도 공문을 통해 인정해준 것으로 받아들였다.

그 후 대일항쟁기위원회 오일환 팀장은 위원회를 떠나고 말았다. 유골 봉환사업에는 많은 시간이 걸리는데 위원회라는 한시적인 기구에서는 근본적인 한계가 있었기 때문이 아닌가 싶다. 그와 오랫동안 같은 일을 하면서 겨레의 아픈 역사와 현실의 안타까움에 대해 마음을 열고 많은 대화를 나누었다. 아태협 사업에도 많은 조언과 도움을 주었다. 순수한 민간단체를 선정해 민간 교류를 통한 유골 봉환사업이 이루어질 수 있는 길을 모색했고, 사이비 단체들이 발붙이지 못하도록 애쓰기도 했다. 오 팀장은 위원회를 떠나기 전 아태협이 정부에 제출한 자료를 언제든지 열람할 수 있도록 국가기록원에 등록해두었다. 그가 위원회를 떠난 것은 나에게 큰 손실이었고 마음이 아팠다.

아시아 곳곳을 찾아다니다

나는 강제동원 희생자 유골이 있는 곳이면 어디든지 달려갔다. 필리핀·중국·태국·미크로네시아·마샬제도 등 안 다닌 곳이 없었다. 가장 힘든 곳은 필리핀이다. 날씨, 교통, 치안 등에서 일본과는 비교가 안 될 정도로 힘이 든다. 앞에서 언급한 것처럼 필리핀은 경험이 풍부한 아사노 선생이 있기에 유골 조사를 구상하고, 여러 차례 찾아갈 수 있었다.

필리핀 답사 초기의 일이다. 출발 과정에서 문제가 발생했다. 아사노 선생이 개인적인 사정으로 출발이 지체되었다. 낭패가 아닐 수 없었다. 필리핀 유골 발굴 전문가 없이 출발한다는 것은 여러 모로 부담이었다. 어쩔 수 없이 그는 나중에 합류하기로 하고 나를 포함한 5명이 먼저 출발했다.

각오는 했지만 예상보다 훨씬 힘든 상황에 직면했다. 지형은 험준하고 교통은 불편해 이동이 너무나 힘들었다. 목적지 마스바테

필리핀 마스바테섬에서 유해 발굴을 하고 있는 아태협 조사단.

아태협 조사단이 필리핀에서 발굴한 유해.

(Masbate)섬에 도착하는 데 비행기와 배를 갈아타고 3일이나 걸렸다. 필리핀 주정부를 찾아갔지만 아무런 도움을 받을 수 없었다. 발굴 현장에 접근하면 숙소를 구할 수 없어 텐트를 치고 야영을 했다. 잠도 편하게 잘 수 없었다. 불침번을 서야 했다. 언제 반군의 습격을 당할지 알 수 없었다.

기어코 사단이 발생하고 말았다. 우리가 반군에 체포된 것이었다. 이리저리 끌려 다니며 고초를 겪었다. 죽음의 공포도 느꼈다. 나야 할 말이 없지만 함께 온 팀원들에게는 면목이 없었다. 그때 아사노 선생이 나타났다. 내가 아사노를 거명했을 때는 웃기지 말라는 식이었던 반군은 그가 눈앞에 나타나자 태도를 돌변했다. 그는 정부군은 물론 반군 쪽에도 발이 넓었다. 발굴팀은 자유를 되찾았다. 발굴팀의 정체를 확인한 반군은 좋은 일을 한다며 여러 가지 지원을 해주기도 했다.

우리가 확보한 일본 자료에 따르면, 인천항에서 끌려간 한인 80여 명이 마스바테섬에 배치되었다. 무려 200킬로미터에 이르는 이 섬의 50개소를 찾아다녔고, 5개소에서 상당수의 한인 유골을 발견했다. 일본에서처럼 사찰이나 시청의 자료에 근거해 한인 유골임을 확정할 수는 없었다. 하지만 생존자와 현지인의 증언, 여러 정황을 감안할 때 한인 유골임이 분명했다. 과거에 일본 발굴단이 와서 일본인 유골을 수습해 갔지만, 한인 유골은 방치했다는 증언도 나왔다.

지바 카부아(Jiba Kabua) 마샬제도 공화국 대사와 함께. 마샬제도 곳곳에도 강제동원 한
인 희생자 유해가 묻혀 있다.

현지인과 생존자를 만나 대화를 나눠보니 일제 강점기 일본군의 야만적 행위는 극에 이르렀다. 강제동원을 통한 노동 착취는 말할 것도 없고, 학살과 강간이 수없이 자행되었다. 극단적 야만이 평화로운 섬을 난도질한 것이었다. 현지 조사를 통해 필리핀에 끌려온 한인이 수천 명을 헤아린다는 것을 알 수 있었다. 필리핀 강제동원 희생자 실태는 아직 정확하게 밝혀진 것이 없다. 앞으로 해결해야 할 과제임이 분명하다.

중국 하이난도(海南島)는 2004년부터 여러 차례 방문했다. 하이난도는 천인갱(千人坑)이 언론에 보도돼 널리 알려졌다 1,000명이 넘는 한인이 집단학살 당한 뒤 한꺼번에 묻혔다고 하는 곳이다. 나는 그 잔학의 현장에서 한인으로 추정되는 유골 80여 위를 발굴했다. 고국으로 모셔가기 위해 중국 정부에 확인을 요청했다. 하지만 당시 희생된 민간인은 일본인으로 등록돼 있기 때문에 먼저 일본 정부의 승인을 받아야 한다는 답변이 돌아왔다.

미크로네시아와 마샬제도는 아시아태평양전쟁 때 일본 해양패권의 전진기지였다. 많은 한인들이 끌려가 강제 노역에 시달렸다. 그 흔적이 지금도 곳곳에 남아 있다. 마샬제도에서 희생된 한인 유골 정보를 얻기 위해 일본 주재 마샬제도 공화국의 지바 카부아(Jiba Kabua) 대사를 찾아갔다. 환갑이 넘은 듯한 그는 어딘가 모르게 친근감을 주었다. 우리는 허심탄회하게 많은 대화를 나누었다. 그가 본국으로 돌아갔을 때 나를 초청했다. 덕분에 2010년 마셜제도를 방문했다.

지바 카부아는 마셜제도 대통령의 조카다. 미국으로부터 독립이 되자 한국에 마셜제도를 알리러 왔다가 국명이 없는 나라의 여권 소지자라고 꼬박 하루 동안 공항에서 고초를 겪었다는 얘기를 털어놓았다. 미국 유학파인 그는 한 나라의 대사임에도 도쿄 뒷골목에 빌라를 얻어 숙소 겸 관저로 사용하고 있었다. 마셜제도는 그토록 가난한 나라다.

마셜제도 곳곳에는 아시아태평양전쟁 때 추락한 전투기가 그대로 남아 있었다. 이곳에서 당장 한인 희생자 유골을 찾는다는 것은 사실상 불가능한 일이었다. 시간을 두고 주도면밀하게 준비를 해야 접근이 가능하겠다는 생각이 들었다.

미크로네시아도 강제동원 한인들의 가슴 아픈 사연이 묻혀 있는 곳이다. 2009년에 방문해 섬 곳곳을 찾아다니며 현장조사를 하고 현지인들의 증언을 들었다. 시간만 충분하다면 한인 유골을 발굴해낼 수 있을 것 같았다. 문제는 시간과 비용이었다. 기본적인 현황 조사를 한 것으로 만족하고 발길을 돌렸다.

사할린도 빠트릴 수 없는 곳이다. 한인들의 한이 많이 서려 있는 곳이 사할린이다. 조사팀은 현장 조사와 한인 면담을 통해 남사할린 68개 공동묘지에 3만여 명의 한인 희생자 유골이 묻혀 있다는 것을 확인했다.

그리고 태국에서는 콰이강의 다리로 유명한 칸차나부리 인근에서 한인 유골을 발굴했다. 안타깝게도 희생자 명부를 받지 못해 더 이상의 진척은 없었다. 등잔 밑이 어둡다는 속담이 있다. 나는 도쿄를 수없이 드나들었다. 우리 협회의 지부도 있다. 그 도쿄 중심가 밑에 일본 정부가 도저히 밝히기 어려운 참상이 파묻혀 있다. 도쿄 미나토(港)구의 번화가인 롯폰기(六本木). 여기가 강제동원 한인 희생과 관련해 주목해야 할 곳이다. 일본은 패망이 짙어지자 천황이 대피하기 위한 지하터널 공사를 단행한다. 지금 도쿄에서 이름 높은 롯폰기 근처다. 공사 현장에는 한인들이 동원되었고 이후 생매장되었다고 전한다. 지금은 공영 주차장이 되었다. 그곳에 조상들의 유골이 묻혀 있다. 한 일본인 생존자는 지하철 공사 때 그곳을 피해 갔으며, 지금도 그곳 지상에는 건물을 지을 수 없다고 했다. 우리의 도쿄 여행 필수 코스에 우리 겨레의 참담한 고통이 은폐돼 있는 것이다.

2010년 우리는 아사노 게이스케의 안내로 후쿠오카(福岡) 특수 비행장 강제동원 조사를 했다. 아사노는 일본 자살특공대 가미가제 관련 자료를 보여주며, 조선의 우수한 청소년들을 선발해 특수비행훈련을 시켜 가미가제에 투입했다고 말했다. 그는 확인된 조선 청년 수십 명의 명단을 보여주었다.

당시 조선의 많은 청년들이 거짓 충성을 맹세하도록 강요당하고 전장의 이슬로 사라졌다. 그 숫자는 2만여 명을 헤아린다. 이들의 죽음

강제동원 한인 3,500여 명이 매장돼 있는 도쿄 롯폰기 공원 주차장.

도 억울한데 일본 야스쿠니 신사에 일본의 영웅으로 둔갑돼 위패가 모셔져 있다. 혼령까지 말살 당한 것이나 다름없다. 일본 우익단체들은 이곳에서 신사참배를 한다. 그 유명한 신사는 전쟁 희생자를 포함해 천황과 국가를 위해 죽은 영령을 기리는 곳이다. 결코 젊은 한인 혼령들이 잠들어 쉴 수 있는 공간이 아니다. 우리 국민은, 우리 정부는 언제까지, 아니, 영원히 그들을 거기에 버려둘 것인가?

청진의 아픔, 일본 청진회와 손을 잡다

2013년 상반기에 흥미로운 일이 일어났다. 일본 도쿄에 사단법인 청진회(清津會)가 있다. 여기서 청진은 함경북도 청진을 말한다. 일본이 1945년 패망하면서 조선에 있던 일본인들은 급히 귀국을 해야 했다. 당시 조선 북쪽의 귀국선은 청진에 있었다. 하지만 귀국선은 그 많은 일본인들을 모두 고국으로 실어 나를 수 없었다. 적지 않은 사람들이 끝내 일본으로 돌아가지 못하고 조선 북쪽에 남아 불귀의 객이 되고 말았다. 그 유족을 중심으로 청진의 한이 서린 사단법인을 만든 것이 청진회다.

청진회의 중요한 설립 목적은 당시 북한에서 돌아오지 못한 일본인 유골을 봉환하는 것이다. 하지만 냉랭한 북·일 관계를 고려할 때 쉬운 일이 아니었다. 사단법인 아태평화교류협회가 3차 봉환을 마무리한 뒤였다. 청진회의 요청으로 아태협 임원들과 청진회 임원들의 만남이 이루어졌다. 그들은 북한에 있는 일본인 유골을 봉환하고 싶은

데 도와줄 수 없느냐고 했다. 뜻밖의 일이었다. 아마 유골 봉환 소식을 듣고 경험을 전수받고 싶은 듯했다. 아태협 일본본부에서는 청진회를 도울 수 있는 길이 있다면 도와야 하지 않겠느냐는 견해를 밝혔다. 우리는 숙의 끝에 사업의 범위를 확장해 청진회의 손을 잡는 것이 좋겠다는 합의에 이르렀다. 그것이 아시아태평양의 평화를 지향하는 아태협의 설립 취지에도 부합하는 것이었다.

그해 6월 아태협과 청진회는 "아시아태평양 지역의 유골 발굴, 추모(추모비 건립), 유골 모국 봉환 등을 성공하는 것에 그 목적이 있으며, 나아가 아시아태평양 지역의 평화와 공존의 미래를 지향하는 데 큰 뜻이 있다."는 내용의 업무제휴 협약서에 서명을 하게 되었다. 중국의 러앤잉스문화유한공사가 두 법인의 사업을 원활하게 하기 위해 동참하게 되었다.

강제동원이나 전쟁이나 시대적 혼란에 희생된 사람들의 유골을 수습해 모국으로 봉환하는 일은 국경과 이념을 초월하는 것이다. 2018년 6월 12일 싱가포르 북미 정상회담 이후 한국전쟁 때 북한지역에서 전사했던 미군들의 유해가 정전협정 65년 만에 본국으로 봉환되는 엄숙한 의식을 우리 국민은 텔레비전 뉴스로 지켜보았다. 미군 전사자 유해 송환은 미국과 북한, 남한과 북한 사이에 평화의 길을 열어주는 전령 역할을 해줄 것으로 전망되고 있다. 전쟁의 희생자가 평화의 길잡이로 부활하는 것이다. 희생자 유골 봉환의 참뜻은 그런 평

전략적　업무제휴

협 약 서

사단법인 아태평화교류협회와 사단법인 청진회, 러
앤잉스문화유한공사는 상호 존중과 신뢰를 바탕으로
정보의 제공, 연계업무의 진행, 공동 사업의 추진
등 성공적인 사업 협력을 위하여 공동 업무를 제휴
함으로 본 협약을 체결합니다.

사단법인　아태평화교류협회

사단법인　청 진 회
　　　　　　북동아경제조사회

러앤잉스문화유한공사

화라고 나는 생각한다.

 사단법인 아태평화교류협회, 일본 청진회, 중국 러앤잉스문화유한공사 등 세 나라의 민간단체들이 북한 파트너와 협력하여 청진에 묻힌 일본인 유골을 발굴하고 수습하여 일본으로 보내주는 사업은 북일 간 대화의 문을 열어주는 동시에 동북아의 평화에도 좋은 영향을 미칠 것이다.

 청진회의 오랜 소원을 타인의 아픔으로 여기지 않고 우리의 아픔으로 받아들인 아태평화교류협회는 남북 화해와 평화의 길이 열리기를 기다리고 있다. 그날이 오면 북한의 인도주의와 평화애호는 우리 협회의 정성과 더불어 청진회의 아픔을 거둬주는 일에서 아름답게 빛날 것이라고 기대한다.

서울역 노숙자가 일궈낸 작은 기적

2014년은 시련의 해였다. 사업 자금이 바닥나고 말았다. 더 이상 매각할 업체도, 팔 수 있는 집도 없었다. 유골 봉환에 들어가는 비용이 예상을 초과했고, 개인적으로 사업을 벌여 비용을 충당하기도 힘든 여건이었다. 아태평화교류협회에 상황을 솔직하게 설명했다. 일본본부에도 연락을 취해 각자 일자리를 구해서 버텨 달라고 했다. 견디기 힘든 나날이 이어졌다.

12월에는 정신적 지주인 미야나가 회장이 숨을 거두었다. 고령에도 협회 일에 헌신적이었던 그분의 죽음은 큰 충격이자 아픔이었다. 나는 눈앞이 캄캄했다. 돈도 떨어지고 나침반도 잃어버린 채 낯설고 어두운 산길에 홀로 우두커니 서 있는 심정이었다. 177위의 희생자 유골을 봉환한 것으로 모든 것이 끝나는가 싶었다.

2015년 광복 70주년이 되는 해, 일본본부에서 200만 엔을 보냈다는 연락이 왔다. 일본본부 회원들이 갹출한 자금이었다. 이제 내가 도움을 받는 처지가 되었다. 속으로 눈물을 흘렸다. 고맙기는 했지만 속이 쓰렸다. 함부로 쓸 수 없는 돈이었다. 귀한 자금으로 무슨 일을 할까 고민했다. 그동안 유골 봉환사업을 하면서 확보한 자료들에는 희귀자료가 많았다. 이걸 국민들에게 알리는 게 필요하다는 생각이 들었다.

이왕이면 사람들이 가장 많이 모이는 곳에서 전시회를 개최하기로 했다. 5월에 서울역 광장에서 광복 70주년 기념 유골 봉환 자료전시회를 5일 간 열었다. 그 기간에 생각지도 못했던 일이 벌어졌다. 서울역 광장의 노숙자들이 회의를 열어 이 뜻 깊은 전시회를 도와야 한다고 마음을 모은 것이었다. 노숙자들은 주머니를 털어 성금을 모으고, 전시회 질서를 잡아주는 등 지원을 아끼지 않았다.

기적이었다. 세상에 이런 일이 가능한가 싶었다. 서울역을 무대로 살아가는 사람들은 노숙자들이 이런 일을 벌인 것은 처음이라고 입을 모았다. 밑바닥까지 내려가 있던 나는 이 작은 기적으로 새 희망을 품었다. 노숙자들이 자발적으로 도와주는데 힘을 내야 하지 않겠느냐고 스스로를 추스렸다.

서울역 자료 전시회는 좋은 반응을 얻었다. 처음으로 공개되는 자료에 많은 시민들이 깊은 관심을 보였다. 여러 곳에서 의미 있는 행사를 했다고 덕담도 해주었다. 나는 자료 전시회를 계속 이어가기로 했다. 6월 서울시청 광장, 8월 국회의원회관에서 자료 전시회를 잇달

2015년 5월 서울역 광장에서 열린 광복 70주년 기념 유골 봉환 자료 전시회 및 일제 강제동원 시설 세계문화유산 등재 반대 범국민 서명운동.

2015년 6월 서울시청 광장에서 같은 행사가 열렸다.

아 개최하고 유골 봉환의 의미와 가치를 국민 속으로 전파했다.

동시에 우리 협회는 일본 한인 강제동원시설 세계문화유산 등재 반대 범국민 서명운동도 전개했다. 일본 정부는 '메이지 산업혁명의 문화유산'이라며 '철강·조선·석탄산업 등 23곳을 유네스코 세계문화유산'으로 등재시키려 했다. 그중 나가사키 하시마탄광, 일명 군함도를 비롯한 7곳의 시설은 수많은 한인이 희생된 현장이다. 극악한 착취와 탄압의 현장을 세계문화유산으로 미화하려는 간교한 시도를 내버려 둘 수는 없었다. 이 등재를 어떻게든 막아야 했다. 그 일환으로 등재 반대 범국민 서명운동을 전개한 것이었다. 우리 협회가 선두에서 깃발을 들었던 그 운동은 언론을 자극했고, 사회적으로 큰 반향을 일으켰다.

이렇듯 절망의 늪에 빠져들 수도 있는 위험한 고비에서 나는 주변의 도움과 새로운 결단으로 다시 일어나 계속 일을 추진해 나갔다.

대일항쟁기위원회의 부활과 상설화

2015년 12월 말 충격적인 일이 벌어졌다. 대일항쟁기위원회가 폐지된 것이다. 위원회는 강제동원 진상규명과 피해조사 및 지원의 컨트롤 타워라 할 수 있다. 컨트롤 타워를 없앤다는 것은 정부 차원의 강제동원 진상규명과 피해조사 및 지원을 제대로 하지 않겠다는 뜻과 다를 바가 없다.

2004년 발족한 일제강점하 강제동원피해진상규명위원회와 2008년 발족한 국외희생자지원위원회를 통합해 2010년 한시기구인 대일항쟁기위원회가 설립되었다. 대일항쟁기위원회는 수차례에 걸쳐 활동 기간을 연장하면서 22만 건 이상의 강제동원 피해신고를 받아 조사하고, 집단학살 등 강제동원과 관련된 36건의 진상조사를 했으며, 11만 건 이상의 위로금 지급 등 피해자를 지원했다. 또한 강제동원 피해조사 과정에서 수집한 약 34만 건의 국가기록물을 소장하고 있다. 10년 이상 축적해온 대일항쟁기위원회의 피해조사, 진상규명의 경험은 지속적으로 활용해야 마땅했다. 그러나 정부는 대일항쟁기위원회를 폐지하고 그 업무를 행정안전부 산하 과거사관련업무지원단으로 업무를 이관하겠다고 밝혔다. 이 소식을 접한 관련단체들과 학계에서 분명한 반대의 목소리를 높였다. 그런 지원단의 규모와 성격으로는 강제동원 업무를 제대로 수행할 수 없다는 지적이었다.

대일항쟁기위원회가 강제동원 진상규명을 통해 22만여 건을 처리했지만 이것은 전체 피해의 3퍼센트에 불과했다. 위원회가 폐지되면 97퍼센트의 미결과제는 영구 미결로 남는 것이었다. 그러니 정부는 위원회를 당연히 존속하고 더 강화해야 했다. 또 다른 한편으로는, 위원회가 폐지되었을 때 일본이 대한민국을 어떻게 생각하겠는가?

광복 70주년(2015년)에 이런 일이 벌어졌다. 참담한 심정이었다. 아태협은 거리로 나섰다. 대일항쟁기위원회 존속을 위해 2015년 7월부터 범국민 서명운동에 돌입했다. 일본·중국·태국 등 해외 네트워크도 모두 가동해 3만5,000여 명의 서명을 받았다. 나는 국회를 방문해 위원회 폐지의 총대를 메고 나선 당시 여당 실세 국회의원을 찾아가 설득을 시도해보기도 하고 격렬히 항의하기도 했다.

12월 2일 대일항쟁기위원회 존속 입법 청원서를 국회 안전행정위원회와 법안심사소위원회에 제출했고, 12월 13일 박근혜 대통령 앞으로 청와대에 탄원서를 넣는 등 안간힘을 다했다. 그러한 와중에 일본의 의식 있는 시민단체와 지식인들이 가만있지 않았다. 일본 강제동원진상규명 네트워크 소속 17개 단체와 지식인들이 대일항쟁기위원회 존속 요망서를 한국 대통령과 국회에 제출했다. 한국 정부와 국회가 일제 강점기 강제동원 진상규명과 피해조사·지원 컨트롤 타워를 없애기 위해 팔을 걷었다는 소식을 듣고 일본의 시민단체와 지식인들이 그 존속을 요청하는 행동에 나선 것이었다. 참으로 어처구니없는 상황 속에서 나는 고맙기도 하고 부끄럽기도 했다.

우리는 대한민국 정부와 국회를 막아내지 못했다. 12월 28일 대일항쟁기위원회 활동 연장법안은 법안심사소위원회를 통과하지 못했고, 12월 31일부로 위원회 활동은 완전히 종료되었다. 어디론가 연기처럼 자취를 감추며 사라져버린 대일항쟁기위원회, 이것은 단순히 하나의 정부기관 활동이 종료된 것이 아니었다. 아무리 좁혀서 보아도, 국격(國格)의 문제였다. 대한민국의 국격이 돌이킬 수 없는 깊은 상처를 받은 사건이었다.

흔히 시민들은 일류국가, 선진국가라는 말을 일상 언어로 쓴다. 그 정확한 척도는 무엇일까? 어느 누구도 딱 부러지게 제시할 수 없을 것이다. 하지만 막연하게는 일류국가, 선진국가를 그려볼 수 있을 것이다.

트럼프 대통령이나 그를 대통령으로 선출한 미국사회에 대한 비판적 문제 제기가 부쩍 늘어난 것은 틀림없는 사실이다. 그렇지만 미국을 일류국가, 선진국가라고 인정하는 대세는 조금도 흔들리지 않고

아태협이 국회에 '대일항쟁기강제동원피해조사 및 국외강제동원 희생자 등 지원위원회'의 존속을 요구하는 청원서를 3만5,000여 명의 범국민 서명자료와 함께 제출하고 있다.

있다. 여러 가지 요인이 있겠지만, 나는 '미군 전사자 유해 송환'에 기울이는 미국 정부와 미국 국민의 지극정성도 미국을 일류국가, 선진국가로 인식하게 해주는 중요한 척도일 것이라고 생각한다. 한국 사회에는 널리 알려지지 않아서 그렇지 일본 정부도 해외에 묻혀 있는 일본군 유해 송환에 엄청난 공력을 기울여오는 국가다. 이것은 바로 뒷장에서 조금 밝혀두고 싶다.

그렇다면, 대한민국은?

누가 무슨 이유로, 어떤 정치세력이 어떤 외교적 밀거래를 통해 대일항쟁기위원회 폐지를 기획하고 실행에 옮겼을까. 나로서는 알 수 없는 일이다. 그러나 나는 기회 있을 때마다 대일항쟁기위원회를 부활해야 하고, 대통령 직속 상설위원회로 전환해야 한다고 주장해왔다. 그리고 사명감과 자격, 능력을 두루 갖춘 위원장을 초빙하고 사려 깊은 전문가 중심으로 위원회를 혁신해야 한다고 강조해왔다. 그렇게 해서 광복 70년이 저무는 그날에 큰 상처를 받았던 대한민국의 국격도 회복해야 한다. 지금도 그 메아리 없는 고독한 외침을 위해 목을 가다듬고 싶다. 그것이 나의 소원이기 때문이다.

한국과 일본의 상반된 접근

아시아태평양전쟁을 일으킨 일본과 피해국인 한국은 희생자 유골 발굴과 봉환에서 대조적인 모습을 보여 왔다. 일본은 유골 봉환에 적극적으로 나서는 데 반해 한국은 소극적인 자세로 일관했다.

2004년 12월 노무현·고이즈미 준이치로 정상회담 후 일본 정부는 일본 전역의 납골당과 사찰을 조사해 2010년까지 3,000여 위의 민간 노무 희생자 유골 보관장소를 한국 정부에 통보했다. 학계와 아태협에서 일본의 사찰과 납골당 등을 조사한 바에 따르면, 유골 실태를 일본 정부에 보고하지 않은 곳이 더 많았다. 아태협이 봉환한 유골은 일본 정부가 조사한 3,000위 안에 포함돼 있지 않았다는 사실만 해도 그 단적인 증거다. 한국 정부는 도쿄 유텐지에 합사돼 있는 군인·군속 유골을 모셔왔지만, 민간 노무 희생자 유골은 단 한 분도 모셔오지 못했다.

이유는 예산에 있다. 당시 일본에서는 전국에 걸쳐 한인 희생자 실태를 조사했고, 추도식 격식과 유족 초청 등의 기본틀도 갖추었으며, 일본 정부의 책임 언급까지도 협의된 것으로 전해진다. 대일항쟁기 위원회의 한 관계자는 오랜 기간 일본과 협의해 당면 문제를 좁혀가고 있었는데 한국 정부의 미온적인 태도 때문에 좀 더 실질적인 성과를 거둘 수 없었다며 아쉬워했다. 더구나 우리 정부는 유텐지 합사 유골을 봉환한 후로는 손을 놓고 있다.

일본은 어떠한가. 1952년 중의원 결의안을 채택한 이후 아시아태평양전쟁 당시 일본군 전몰자 유골 조사와 발굴을 위해 아시아태평양 곳곳을 다니며 체계적인 작업을 진행해오고 있다. 수백 차례에 걸쳐 대규모 조사단을 해외에 파견해 지금까지 130여만 명의 유골을 본국으로 송환했다.

2010년 간 나오토 일본 총리가 이오지마의 일본군 유골을 발굴하라는 특별 지시를 내린 것은 한국 정부가 뒤늦게라도 주목할 필요가 있다. 이오지마는 1945년 2~3월에 미군과 일본군이 치열한 전투를 벌였고 사상자도 많았던 격전지로 유명하다. 미국 해병대가 섬에서 가장 높은 스리바치산 정상에 성조기를 꽂는 모습을 담은 AP통신 기자의 사진으로 유명하며, 이 전투를 소재로 〈이오지마에서 온 편지〉라는 영화도 만들어졌다. 총리의 지시로 유골 발굴 작업을 진행한 결과, 2010년 820구, 2011년 340여 구의 유골이 발굴되었다고 일본 당국은 발표했다.

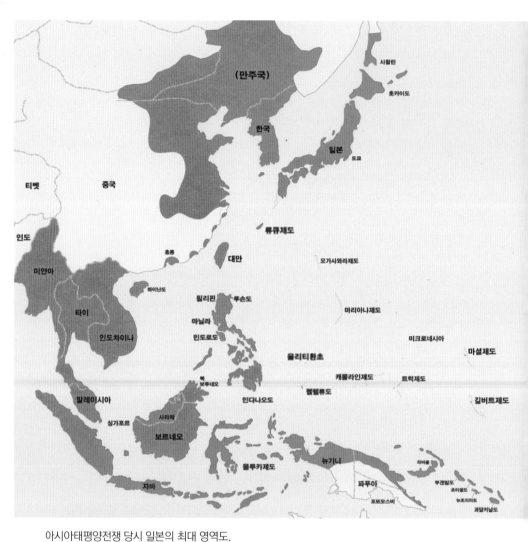

아시아태평양전쟁 당시 일본의 최대 영역도.
『강제동원명부해제집1』(일제강점하 강제동원피해진상규명위원회, 2009)

이오지마 전투 때 일본군 사망자는 2만 명이 넘는 것으로 알려져 있다. 그중 한인 희생자는 얼마나 되는지 알 길이 없다. 대일항쟁기 위원회가 2012년 12월 9일 이오지마 강제동원 실태에 대한 기초조사 결과, 한인 200명이 군인·군속으로 동원되었고 이중 137명이 사망했다고 밝혔지만, 어디까지나 기초조사 결과에 불과했다. 여러 정황을 감안할 때 군인·군속 외에 많은 민간인이 동원돼 사망했을 것으로 추정된다. 이에 아태협은 2015년 5월 일본 정부에 이오지마에 강제동원된 한인 명부를 공식 요청했다. 하지만 명부를 받지 못했다.

한국 정부는 이오지마 한인 전몰자 발굴을 한일 양국 정부가 공동으로 추진하자고 제안해야 할 것이다. 일본 정부는 자국 희생자의 유골 발굴에 전념할 뿐이지 한인 희생자 유골에 나설 이유가 없다. 아태협은 이러한 내용을 담은 자료를 작성해 대한민국 국회와 여러 기관에 발송했다. 물론 기대하진 않았지만 어떠한 답변도 듣지 못했다.

강제동원 희생자 추모공원 조성

중국 난징에 난징대학살기념관이 있다. 1937년 7월 중국대륙을 침략한 일본은 12월 13일 중국의 수도였던 난징을 점령한 후 이듬해 2월까지 6주간 대학살을 자행했다. 30만 명의 중국인이 비참하게 죽었다. 아우슈비츠 수용소에 비견되는 인류의 참극이었다. 기념관은 당시 죽어간 중국인의 넋을 기리고 대학살의 비극을 고발하기 위해 1985년 건립되었다. 2014년 난징대학살 77주년을 맞아 중국 정부는 12월 13일을 국가추모일로 지정했다. 기념관은 비극의 역사를 잊지 말자는 취지에서 연중 무료입장이다. 기념관과 관련해 일화가 전해진다. 난징에서 택시를 탄 일본인 관광객이 영어로 목적지를 말하자, 중국인 택시기사가 목적지를 무시하고 이 기념관으로 데리고 왔다. 택시비도 받지 않았다. 일본인은 이 기념관을 봐야 한다는 이유에서다.

독일 베를린 홀로코스트 기념관, 이스라엘 야드 바셈 홀로코스트 기념관, 미국 홀로코스트 메모리얼 박물관은 전 세계인의 발길이 이어지는 성역이 되었다. 대한민국에 강제동원 희생자 관련 시설이 없는 것은 아니다. 부산광역시 남구 대연동에 국내 유일의 국립일제강제동원역사관이 있다. 총 522억 원의 사업비를 들여 2015년 12월 개관했다. 과문한 탓인지는 몰라도, 이 역사관이 강제동원의 실상을 규명하고 관련 유물을 전시·보존하는 고유의 역할을 잘 해내고 있다는 얘기는 들을 수 없다. 보다 근본적인 문제는 우리 국민들이 이 역사관을 잘 모른다는 사실이다.

2015년 10월 5일 서울시 청담동 프리마호텔에서 두 개의 발대식이 함께 개최되었다. 일제 강제동원 희생자 기념공원 건립 및 강제동원 기록물 유네스코 세계기록유산 등재 범국민추진위원회 발대식이었다. 아태평화교류협회 주최, 대일항쟁기위원회 후원으로 300여 명이 참석했다. 민과 관이 손잡은 일이었다. 나를 포함해 우리 아태협 사람들은 드디어 평화 선양의 큰일을 위한 첫발을 내딛게 되었다는 감회에 젖었다. 그러나 불과 2개월 후에 한국 정부가 관련단체들과 학계의 강력한 반대를 무시하고 대일항쟁기위원회를 없애버릴 것이라고는 차마 믿기 싫었던 시간이었다. 그 어처구니없는 조치에 대한 나의 심경을 앞에서 이미 토로했지만, 그때 우리 정부는 혹시 일제 강제동원 희생자 추모공원 건립 추진을 무엇보다 부담스러워했던 것은 아니었을까. 이 시기에 발맞추듯 일본은 중의원 결의를 거쳐 위안부, 관동대지진, 강제동원 등에 대한 은폐·축소 작업을 진행하는 역사검증위원회라는 총리실 기구를 설립했다.

일제 강점기 강제동원 희생자를 추모하는 독립적인 공원과 묘역 조성은 절실한 국가적 과제가 아닐 수 없다. 천안에 위치한 국립 망향의 동산은 해외에서 사망한 한인의 유해를 안치하는 곳인데, 강제동원 희생자 유골은 여기에 임시로 안치돼 있다. 앞으로 방대한 강제동원 희생자 유골이 봉환되면 이를 안치할 수 있는 묘역, 유골 미확인자의 위패관, 추모탑 등을 아우르는 공원이 있어야 한다. 그리고 이 공원은 전쟁과 침략과 수탈의 비극을 고발하고, 평화와 우호를 염원하며, 인류애 실현의 의지를 담은 국제적인 추모공간이 되어야 한다.

추모공원은 당연히 정부가 추진해야 할 일이다. 하지만 정부가 추모공원을 추진한다는 얘기는 어디에서도 들어본 적이 없다. 그렇다고 마냥 기다릴 수만은 없다. 역사는 시간이 지나가면 망각의 강을 따라 흘러가버린다. 광복 70주년에 대일항쟁기위원회를 폐지한 정부에 더 이상 기대할 것이 없었다. 아태협이 앞장서기로 했다.

흔히 사람들은 그 사업이 민간단체가 할 일이냐며 고개를 갸웃거린다. 하지만 유골 봉환사업을 시작할 때도 그런 반응은 마찬가지였다. 추모공원 조성은 유골 봉환의 후속사업이라 할 수 있다. 물론 쉬운 일은 아니다. 나 또한 이 사업이 가능할지 번민에 빠져들 때가 있다. 그러나 그 험난했던 유골 봉환도 해냈지 않은가. 나는 번민에 휩싸일

2015년 10월 5일 서울시 청담동 프리마호텔에서 열린 일제 강제동원 희생자 기념공원 건립 및 강제동원 기록물 유네스코 세계기록유산 등재 범국민 추진위원회 발대식.

때마다 유골 봉환을 시작할 때의 초심으로 돌아간다. 그 초심이 나의 의지를 지켜줄 것이라 믿는다.

강제동원 기록물 유네스코 세계기록유산 등재 범국민추진위원회 발대식도 같은 맥락에서 이루어진 일이다. 일본은 2015년 7월 5일 제39차 유네스코 세계문화유산위원회를 통해 '메이지 산업혁명의 유산'이라며 '철강·조선·석탄산업' 등을 유네스코 세계문화유산으로 등재하는 데 성공했다. 이런 상황을 지켜보고도 손을 놓고 있을 수는 없었다. 강제동원 기록물은 일제 강점기에 일본이 우리를 얼마나 악랄하게 탄압했는지를 알 수 있는 명백한 자료이다. 이것은 전 세계인이 인간의 이름으로 알아야 할 중요한 기록이다. 이 자료가 전 세계에 공유되어야 전쟁과 강제동원 같은 참극을 막을 수 있다. 아태협은 이러한 취지로 범국민추진위원회 발대식을 개최했다.

그날 사단법인 아태평화교류협회 회장 자격으로 올린 인사말을 옮긴다.

존경하는 귀빈 여러분,

여러모로 바쁘실 텐데 오늘 행사에 참석해주신 여러분께 진심으로 감사드립니다.

2015년 7월 5일 일본은 제39차 유네스코 세계유산위원회를 통해 메이지 산업혁명의 유산이라며 철강·조선·석탄산업 등 23곳을 유네스코 세계문화유산으로 등재시켰습니다. 그중 나가사키 하시마탄광을 비롯한 7곳의 시설은 수많은 한인이 강제동원돼 희생자들이 발생한 시설입니다. 사단법인 아태평화교류협회는 일본의 강제동원시설 유네스코 세계문화유산 등재 결사반대 범국민 서명운동을 전국적으로 전개하였지만 정부의 불투명한 협상으로 결국 등재가 되는 것을 바라보고 있어야만 했습니다.

광복 70주년이 되는 지금, 아시아태평양 곳곳에는 강제동원 희생자들의 수많은 유골이 고향을 그리워하며 억울한 상태로 방치되어 있습니다. 우리는 일본이 강제동원을 부인하며 역사를 왜곡, 미화하고 있음을 잘 알고 있습니다. 이에 대응하기 위해 국무총리 소속 대일항쟁기강제동원피해조사 및 국외강제동원희생자 등 지원위원회가 소장하고 있는 강제동원 피해 기록물 약 34만 건을 유네스코 세계기록유산에 등재해 강제동원의 실체를 국제사회에 알리는 동시에 이것이 평화의 도구로 사용되기를 바라는 범국민운동을 추진하려고 합니다.

친애하는 귀빈 여러분,

아태평화교류협회는 대일항쟁기위원회가 폐지될 위기에 처해 있는 것을 크게 우려하고 있습니다. 지난 10여 년간 강제동원 실태파악과 피해조사 및 진상규명을 해온 위원회가 한시적이라는 것도 안타까운 현실이지만, 정부는 이것조차 없애려고 합니다. 희생자 유골조사와 발굴, 고국 봉환은 국민의 생명과 인권을 책임지고 보호해야 할 국가의 기본적인 의무입니다. 대한민국은 과거 원조를 받던 시대를 지나 이제는 약소국에 원조를 해주는 경제 강국으로 부상했습니다. 과거를 잊어버린 민족에게 미래는 없다는 말이 있습니다. 정부는 대일항쟁기위원회가 독립전문기관으로 제 역할을 수행할 수 있도록 대통령 직속 상설기관으로 전환해야 할 것입니다.

광복 70주년이 된 지금까지도 돌아오지 못하고 있는 강제동원 희생자들의 유골을 발굴해 조속히 고국으로 봉환해야 할 것입니다. 또한 국내외 800만 명의 강제동원 피해자, 희생자의 독립적인 묘역과 추모비, 추모공원을 건립해 온 국민과 국제사회에 그 실상을 널리 알리고, 억울한 희생자와 유족을 위로하며, 인권을 중시하는 국제사회의 일원으로 당당한 모습을 보여줄 수 있어야 할 것입니다.

존경하는 귀빈 여러분,

우리는 이러한 아픈 역사를 널리 알리고자 강제동원 희생자 유골 봉환 자료 전시회를 개최하였고, 유골 봉환과 추모공원 건립을 추진하기 위해 국민의 동참을 호소하며 범국민 서명운동을 전개하고 있습니다. 아시아태평양전쟁 당시 국내외 약 800만 명이 강제로 동원되었고, 그중 150만 명이 해외로 끌려가 희생되었습니다. 아직 이 나라에는 억울한 희생자들의 독립묘역과 추모 기념공원이 없습니다. 안타까운 마음에 오늘 우리는 강제동원 희생자 추모기념공원 건립 발대식을 추진하고자 합니다. 국제인권조약에는 이런 내용이 명시돼 있습니다.

"희생자 유골 조사, 발굴, 본국 봉환은 국민의 생명과 인권을 책임지고 보호해야 할 국가의 기본적인 의무이다. 이러한 의무와 책임을 소홀히 하는 국가는 국제사회의 정상적인 일원이 될 수 없을 것이다."

추모공원에는 대한민국과 아시아를 넘어 전 세계의 평화 염원을 담고자 합니다. 강제동원으로 희생된 한인 유골을 발굴·수습해 봉환·안치·추모하고, 일본인의 참배를 유도할 것입니다. 이를 통해 강제동원에 대한 일본정부의 반성과 사과를 촉구할 것입니다. 또한 이 시설을 국민정신 교육의 장으로 만들어 애국심을 고취하고, 국제사회의 평화와 공존의 미래를 열어가는 명소로 조성하고자 합니다. 모쪼록 이러한 뜻을 깊이 헤아리시고 동참과 함께 성원을 보내주시면 감사하겠습니다.

감사합니다.

못 다한 이야기

강제동원 희생자 유골 봉환을 시작할 때가 사십대 즈음이었고, 이제 육십을 바라본다. 나는 인생의 황금기를 고스란히 이 사업에 바쳤다. 시간뿐만 아니라 삶의 열정과 재산을 아낌없이 이 사업에 바쳤다. 정신적 지주와 뜻을 함께한 사람을 떠나보내기도 했다. 이 사업은 내 인생의 모든 것이 되었다. 어쩌면 내가 학자도 작가도 기자도 아니었기에 이 사업을 해왔는지도 모른다. 그들을 폄하하는 것이 아니라, 이 사업이 이토록 힘들다는 것을 안다면 어느 누구도 뛰어들 수 없다는 얘기다. 그렇다. 이 사업은 머리로 할 수 있는 일이 아니다. 온몸을 던져야 할 수 있는 일이다.

강제동원 현장에서 수많은 유골을 발견했고, 많은 눈물을 흘렸다. 흘린 눈물보다 더 많은 눈물을 속으로 삼켰다. 아태협이 3,000여 위의 유골을 찾아 보관시켜 놓았지만 비용 문제로 후속 작업이 중단되었다. 가봐야 할 곳도 많은데 여건상 갈 수가 없다. 국내 봉환보다 시급한 것이 유해 발굴 및 유골 수습이다. 시간이 지나가면서 증언자가 사라지고, 폐기가 되고, 재해와 개발로 유실되기 때문이다. 여건이 된다면 유골을 찾아 한일 양국 정부에 알려주고 보관이라도 해놓아야 한다. 그러면 언젠가는 유골을 모셔올 수 있기 때문이다.

나는 유골을 봉환해올 때마다 아태협 관계자들에게 이렇게 말했다. "더 이상 찾을 수 없는 억울한 희생자 수백, 수천 명을 제 어깨에 짊어지고 옵니다."

수천, 수만의 억울한 영혼이 고향땅에 가고 싶다고 흐느끼는 것을 느낄 때가 한두 번이 아니었다. 수많은 유골을 만져보고 느껴보았다. 심지어 강제동원 현장에서 유골을 껴안고 잠을 자기도 했다. 동료들이 기를 쓰고 말렸지만 나는 그렇게라도 조상의 영혼을 느껴보고 싶었다. 그럴 때면 억울하게 희생당한 그분들의 간절함이 내 몸에 뜨겁게 느껴졌다.

전쟁은 잔인하다. 사람을 잔혹한 악마로 만드는 게 전쟁의 광기다. 광산을 비롯한 강제동원 현장에 가보면 인간의 악마성을 뼈저리게 느낀다. 강제로 끌고 온 선량한 사람을 험지에서 노예처럼 부려먹다가 지치고 병들어 죽으면 개처럼 묻어버린다. 그런 곳에는 한인들의 유령이 떠돌아다닌다는 흉흉한 소문이 아직도 떠돌고 있다. 야만의 세월이 지나간 지 70여 년이 되었다. 아무도 책임을 지려 하지 않는다. 억울하게 죽어간 우리 선조들의 유골을 그대로 방치해둘 수 없지 않은가. 언제까지 민간단체가 이 일에 나서야 할 것인가. 이것은 후손의 양심과 국격의 문제이다. 이제는 우리 정부가 응답할 때가 되었다.

한국전쟁 정전협정 체결 65주년인 2018년 7월 27일, 전쟁 당시 북한 지역에서 전사 또는 실종된 미군 유해를 싣고 북한 원산 갈마 비행장을 출발한 미군 수송기가 오산 미 공군기지에 도착했다. 6·12 북미 정상회담 공동성명에 따른 조치이다. 그 과정을 유심히 지켜보면서 나는 정부의 역할이 과연 무엇인가를 다시금 생각하게 되었다. 나라를 위해 희생되었거나, 나라의 보호를 받지 못해 억울하게 희생된 국민이 있다면, 군인이든 민간인이든 국가적 차원에서 합당한 예우를 하는 것이 진정한 일류국가, 선진국가다. 아니, 국격의 문제 이전에 더 근본적으로 그것은 전쟁과 침략과 수탈을 반대하고 평화와 우호와 애린을 옹호하는 인간의 이름으로 실천해야 마땅한 일이다.

총본부를 서울에 둔 아태협은 바야흐로 그 이름에 걸맞은 연대를 형성해가고 있다. 한국·중국·일본·태국·필리핀·미얀마·베트남·키르키즈스탄·사이판·마샬 등 아시아태평양 지역 방방곡곡에 강제동원

오사카 군수물 저장 지하벙크 건설현장. 한인 3,500여 명이 동원돼 많은 희생자가 발생했다.

희생자들을 가슴 아프게 생각하며 인류의 평화를 꿈꾸는 85만여 명이 회원으로 가입해 있고, 그 숫자는 나날이 늘어나는 중이다.

2018년 8월 29일 북한땅을 밟았다. 북한 조선아시아태평양평화위원회 초청이었다. 3박 4일간 활기 넘치는 평양에서 환대를 받았다. 이 방문에서 조선아시아태평양평화위원회와 아태협은 일제 강점기 한인 강제동원의 피해 진상규명과 배상 등을 주제로 심도 있는 논의를 했다. 또한 아태협이 2018년 가을 서울에서 개최하는 아시아태평양지역의 평화와 발전을 위한 국제대회에 조선아시아태평양평화위원회 대표를 파견하고, 남북관계 발전과 아시아태평양지역의 평화와 안정, 번영을 도모하는 방향에서 다방면의 사회문화, 경제협력사업을 추진할 것을 합의했다.

조선아시아태평양평화위원회가 남측 민간단체인 아태협을 초청한 데 이어 아태협이 개최하는 국제대회에 대표단을 파견하기로 한 것은 극히 이례적인 일이다. 강제동원 희생자 유골 177위 봉환 등 아태협이 어려운 여건에서 기울인 진정성 있는 노력을 북측이 깊이 신뢰하기 때문이다. 한반도와 아시아태평양의 평화, 공동 번영은 남과 북이 손을 맞잡아야 가능하다. 분단체제가 평화체제로 이행하는 도도한 흐름 속에서 아태협이 북측과 함께 평화의 진전을 위해 해야 할 일이 무엇인가를 숙고한 방문이었다.

아태평화교류협회 회장 안부수선생 앞

조선아시아태평양평화위원회는 과거 일제에 의한 우리 민족의 희생과 피해진상을 공동으로 조사하는 사업과 관련하여 남조선 사단법인 아태평화교류협회 회장 안부수선생과 사업단장 용담선생이 8월중 편리한 시기에 평양을 방문하도록 초청하는바입니다.

조선아시아태평양평화위원회
주체107(2018)년 8월 4일

일제 강점기 민족시인 김소월의 시 '초혼'의 그 이름을 헤아려본다. 산산이 부서진 이름, 이름, 이름들이여! 부서진 이름들, 조각난 기억들을 위하여 이 길을 나는 계속 갈 것이다. 이 길은 나의 운명이다. 강제동원 현장에서 만난 유골이, 그 영혼이 나를 지켜보고 있다. 그들의 애처로운 눈빛을 나는 외면할 수 없다. 마지막 한 분을 위해서라도 발굴하고 수습하여 그리운 고향으로 모셔올 것이다.

그들을 모시고 위로할 수 있는 독립묘역, 전쟁 없는 평화로운 세상을 염원하는 평화의 공원, 한국인은 물론 일본인·중국인 등 세계인이 경건한 마음으로 참배하는 인류애 실현의 공원을 만들 것이다. 그 일에 다시 온몸을 던질 것이다. 남은 생에 부여된 나의 과업, 그것은 들어본 적 없는 아버지의 말씀이다.

2부

[파이낸셜뉴스] 2018. 5. 11. 26면

안부수 아태평화교류협회장
"日 강제동원 희생자 유해 발굴할 기구 부활해야"

대일항쟁기 강제동원 800만명
진상규명조사는 3%도 안 돼
정부 위원회 통해 유해 고국 봉환을

"아시아태평양전쟁 당시 강제동원으로 희생된 조선인들의 유해를 발굴하고 고국으로 봉환하기 위한 정부의 기구가 부활돼야 한다."

안부수 아태평화교류협회 회장은 최근 서울 봉은사로 사무실에서 가진 인터뷰에서 미국 등 주요국은 과거 전쟁 희생자들의 뼈 한줌이라도 발굴해 고국으로 봉환하는 작업을 국가적 차원에서 진행하는데 우리는 그런 점에서 미흡하다고 했다.

대일항쟁기 일본에 의해 강제동원된 조선인은 약 800만 명(중복동원 포함)에 육박하지만 지금까지 진상규명을 조사한 규모는 22만 6,583건으로 3%에도 못 미친다는 지적이다. 이것은 그나마 지난

2004년 정부 산하 '대일항쟁기 강제동원피해자조사 및 국외동원희생자등 지원위원회'(이하 대일항쟁기위원회)가 활동하면서 이뤄낸 성과다. 하지만 지난 정부 시절인 2015년 12월 말 대일항쟁기위원회가 폐지되면서 이마저 명맥이 끊긴 상태여서 정부 기구가 부활돼야 한다고 했다.

또 희생자 유해가 발굴돼 국내에 봉안된 수치는 이보다 크게 적은 수준이다. 아태평화교류협회가 14년간 일본 등 해외에서 잠든 유골을 발굴해 대일항쟁기위원회 검수를 거쳐 국립 망향의 동산(천안시 소재)에 봉안한 것은 177위에 그친다.

안 회장은 "일본 홋카이도·규슈·오키나와 등 과거의 탄광, 군수물 저장소, 방직공장 등을 찾아다니면서 유해를 찾고 지도 등을 만들었다"며 "대일항쟁기위원회가 폐지되면서 더 이상 진척을 보지 못하고 있다. 이제라도 정부가 나서서 억울한 희생자들의 유해를 국내에 들여오는 체계를 부활시켜야 한다"고 말했다.

이는 가해자인 일본이 우경화되는 것을 막기 위해서도 필요한 조치라고 했다. 대일항쟁기 일본의 강제동원 실태 파악과 진상 규명을 촉구하면서 일본에 책임과 반성을 이끌어내야 한다고 했다. 이를 위해 안 회장은 대일항쟁기위원회를 부활하고 상설화를 촉구하기 위해 조만간 청와대에 청원을 낼 예정이다. 이는 최근 문재인 정부가 2015년 말의 위안부 합의는 일본군 위안부 피해자의 인간적인 존엄과 마

음의 상처를 치유하기 어렵다며 일본에 진심 어린 반성과 사죄를 촉구하는 것과 궤를 같이한다.

국내외에 강제동원 희생자를 추모하는 공간이 아직 없다는 점은 문제라며 추모공원 건립에도 박차를 가하고 있다. 추모공원은 충북 단양에 약 200만㎡(60만 평) 규모로 건립될 예정인데 설계 등을 진행해 조만간 착공할 계획이라고 했다.

안 회장은 "추모공원 건립을 위해 6월 행사를 진행할 계획인데 중국·동남아 등 13개국에서 관련인사들을 초청할 것"이라며 "추모탑이 있어야 일본인들이 와서 헌화도 하고 사과와 반성으로 이어질 수 있다. 일본인 중에서 양식 있는 사람이 많다"고 했다.

또 강제동원 피해국가들과 연대를 통해 일본을 압박하겠다는 장기적인 계획도 갖고 있다고 했다. 남북 해빙무드를 맞아 북한도 이 같은 사업에 참여시키려 노력하고 있다. 그는 "지금까지는 일본 강제동원 피해국가들이 개별적으로 접근해 일본의 반응이 미온적이었다"며 "피해국가들이 모여 한목소리를 내야 일본의 진정 어린 사과를 받아낼 수 있을 것"이라고 했다.

대일항쟁기 강제동원 피해를 국내외로 널리 알리려는 노력도 병행하고 있다. 대일항쟁기위원회가 소장한 약 34만 건의 강제동원 기록물을 유네스코 세계기록유산에 등재시키는 노력도 지속할 계획이다.

안 회장은 "강제동원 기록물을 반드시 세계기록유산에 등재해 국제사회에 홍보하고 세계평화의 도구로 사용해야 할 것"이라며 "위원회가 부활해서 이런 활동이 재개될 수 있길 바란다"고 말했다. 또 국민들에게 이 같은 내용을 알리기 위해 안 회장은 대일항쟁기 강제동원된 조선인 희생자의 유해 발굴 스토리를 담은 '조각난 기억'*을 조만간 발간할 예정이다.

- lkbms@fnnews.com 임광복 기자

---

* 위의 기사에 언급된 '조각난 기억'이 바로 『산산이 부서진 이름이여』라는 제목으로 출간된 이 책이다.(편집자)

[브레이크뉴스] 2018. 8. 24.

아태협 안부수 회장
'日 강제동원 유골 발굴·송환' 방북

일제 강점기 일본에 의해 위안부, 징병, 징용으로 끌려간 조선인은 무려 800만 명에 육박한다. 가해국 일본은 1952년부터 중앙정부 차원에서 일본인 유골을 발굴, 고국으로 송환하고 있다. 그러나 피해 당사국인 우리나라 정부는 그렇게 하지 않고 있다. 심지어 박근혜 정부는 지난 2015년 말 대일항쟁기 강제동원 희생자 유골 발굴 관련 정부위원회를 폐지해 버렸다.

십 년이면 강산도 변한다는 말이 있다. 15년째 정부도 손 놓고 있는, 일제에 의해 강제동원된 희생자들의 유골 발굴 및 봉환사업을 꾸준히 추진해오고 있는 안부수 아태평화교류협회(아태협) 회장. 아태협은 2004년부터 일제 강점기 강제동원 희생자 자료 수집과 유골 발굴 등의 작업에 착수해 총 3차례에 걸쳐 177위의 유골을 국내에 봉환했다.

안부수 회장은 유골 봉환 자료전시 행사, 일본 조선(한)인 강제동원 시설 세계문화유산 등재 반대 범국민 서명운동도 전개하며, 일제 강제동원 진상과 피해 실태 등을 국내외에 널리 알려왔다. 또한 일본·필리핀·남태평양지역 등으로 강제동원된 한인 희생자 유골 발굴을 꾸준히 진행하며 약 3,000명의 유해를 수습했고, 검수 후 국내로 봉환할 예정이다. 뿐만 아니라 일본·중국·필리핀·태국·미크로네시아 등 해외 18개 지부를 통해 일제 강제동원 한국인 희생자 실태조사, 유해수습, 모국 안치사업에 전심전력을 쏟고 있다.

브레이크뉴스는 24일 (사)아태평화교류협회(삼성동 소재) 사무실에서 정부의 지원없이 민간 차원에서 유골봉환 사업을 눈물겹게 추진해온 안 회장을 인터뷰했다. 다음은 일문일답.

아태평화교류협회는 어떤 일을 하고 있는가?

우리 협회는 2004년부터 지금까지 일제 강제동원 희생자 진상과 실태조사를 진행하며, 강제동원 희생자 유해 발굴, 유골 수습작업을 진행하고 있습니다. 지금까지 3차례에 걸쳐 총 177위의 노무 강제동원 희생자 유골을 국내 봉환, 안치했으며, 지금도 꾸준히 진행하고 있습니다.

일본에 의해 강제 동원된 한(조선)인은 800만 명에 육박하지만 지금까지 진상규명을 통해 확인된 규모는 22만6,583건으로 3퍼센트에도 못 미친다는 지적이 있다. 하지만 박근혜 정부 시절 대일항쟁기위원회가 폐지되면서 이마저 명맥이 끊긴 상태이다. 왜 할 일은 많은데 중단되었는가?

박근혜 정부에서는 국내 유일의 대일항쟁기 진상 및 피해조사기구인 '대일항쟁기 강제동원 피해조사 및 국외강제동원희생자등 지원위원회'(이하 대일항쟁기위원회)가 할 일을 다했다는 터무니없는 이유로 행정안전부의 관련부처(과거사 관련 업무지원단)를 신설해 이관시켰습니다. 한시적이지만 국가의 품격을 대내외에 보여줄 수 있었고, 많은 일을 진행하고 있었지요. 대일항쟁기위원회는 당시 총리실 기구로 발족됐지만 실질적인 주관부처인 행정안전부와 국회 행정안전위원회는 형식적인 간담회를 개최한 후 유족과 단체의 진정한 목소리를 무시하고 2015년 12월 말 일방적으로 폐지시켰습니다. 2004년 특별법에 의해 발족된 정부기구를 없애고 이관하는 것은 일제 강제동원 진상 조사를 중단하는 것이나 마찬가지입니다. 당시 대일항쟁기위원회의 국가관과 역사의식이 있는 박사급 위원들이 통곡하는 것을 보면서 안타까움을 금치 못하였습니다. 이에 우리 단체는 거리로 나가 위원회 존속을 위한 범국민 서명 운동을 전개해 3만5,000여 명의 서명을 받았고, 이를 청와대와 국회에 청원서와 함께 제출했습니다. 하지만 위원회는 결국 폐지되었습니다.

그렇다면 정부는 강제동원희생자 유해 발굴 및 봉환에 손을 놓겠다는 것인가?

과거사 진상규명에는 시효가 없습니다. 대일항쟁기 희생자 유골 송환은 대한민국 정부가 국민의 생명을 책임지고 보호해야 할 의무에 해당하는 사안입니다. 촛불로 탄생된 문재인 정부는 대한민국의 국격을 높이고 우리 조상들의 원혼을 달래기 위해서라도 대일항쟁기위원회를 반드시 부활시켜야 합니다.

대일항쟁기 강제동원 희생자 유해 발굴 및 봉환을 하려면 정부기구가 있어야 하는가? 아니면 민간기구에서 추진하고 정부에서 측면 지원하는 것은 어떤가?

땅속에 있는 유해는 발굴하더라도 봉환이 어렵습니다. 심증은 있어도 물증이 없는 것입니다. 확실히 하려면 국내 유족을 상대로 DNA 데이터베이스를 구축한 후 한일 정부에 통보해 보존을 해야 합니다. 화장한 후 보관한 유골일지라도, 강제동원 희생자의 개념과 본질을 모르고 쉽게 다뤄서는 안 됩니다. 대일항쟁기 희생자 문제를 다루는 정부기관이 없다는 것은 검수기관이 없다는 뜻입니다. 이것은 유사 단체들의 무분별한 유골 봉환을 초래해 일본의 비웃음거리가 될 소지가 있습니다.

강제동원 희생자에 대한 정의는 한일 정부 간에 협의된 것인가?

한일 정부 간 협의에 의해 일본의 국가총동원법이 발표된 1938년부터 1945년 해방일까지 강제로 또는 본인의 의사에 반하여 동원돼 그 동원현장(탄광·항만·군수·공사장 등)에서 돌아가신 분을 '희생자'라 지칭합니다. 예를 들어 강제동원 되었지만 해방 후 생존해 사회에서 돌아가신 분들은 강제동원 '피해자'로 구분해야 한다는 것이죠. 또한 유골 명부에 조선으로 돼 있어도 관할 관공서에 가서 원적지 대조, 한국정부 의뢰 유족 확인 등 십수 단계(납골시설의 과거장을 토대로 관공서 매화장인허증 확인, 본적지 및 강제동원 현장 주소, 사망 이유, 한일 정부 검수 등)에 걸친 확인을 해야 하므로 유골을 봉환하려는 개인이나 단체는 이러한 점에 유의해 책임 있는 행동을 해야 합니다.

1931년 만주사변을 시작으로 중일전쟁 등에도 많은 조선인이 동원됐습니다. 우리는 만주사변·중일전쟁 등을 통틀어 아시아태평양전쟁 강제동원 희생자라 해야 합니다. 하지만 일본이 제시한 법적 근거에 따라 태평양전쟁 당시 강제동원 희생자를 확인했고, 이들만 해도 국내외 약 800만으로 추정하고 있습니다. 민간이 조사하고 수습한 유골은 정부가 통제권을 가지고 검수해 유족을 찾아야 합니다. 또한 이를 자료화해 일본과의 협의에 활용하고, 일본정부가 각 지방으로 통지해 조사한 유골 외에도 수많은 희생자 유골이 방치돼 있다는 것을 인지시켜야 합니다.

아태평화교류협회가 14년간 일본 등 해외에서 잠든 유골을 발굴해 대일항쟁기위원회 검수를 거쳐 국립 망향의 동산(천안시 소재)에 177위를 봉환한 것으로 알고 있다. 가장 어려운 점은 무엇인가?

한일 정부 간 대표 창구가 없고, 국내 유족들의 DNA 데이터베이스가 구축돼 있지 않아 어려운 점이 많습니다. 가해국인 일본은 후생성을 통해 1952년부터 해외에 흩어져 있는 유골 발굴과 봉환을 지속적으로 하고 있습니다. 우리나라는 피해 당사국인데도 독립된 정부기구와 지속적인 활동이 없다는 것이 국민의 한 사람으로서 부끄럽게 여겨집니다.

아태평화교류협회가 14년간 일본 등 해외에서 잠든 유골 발굴 및 유해봉환 과정을 후세를 위해 기록으로 남길 의사는 없는가?

지난 2004년부터 지금까지 해외에서 진행한 일제 강제동원의 실태조사와 유해 발굴, 수습, 봉환 스토리를 책으로 발간하기 위해 준비를 하고 있습니다.

아태평화교류협회가 향후 가장 역점적으로 추진하고자 하는 사업은 어떤 것이 있는가?

가장 시급한 것은 일본의 역사왜곡에 대응할 수 있는 정부기관의 부활을 촉구하는 것입니다. 또한 남북이 공조할 수 있는 조사 시스템과 공동작업 체계 구성도 중요할 것으로 봅니다. 남한에서는 지난 14년간 진상과 실태, 구술자료 등 조사한 데이터가 확보돼 있기에 이를 북한과 공조하는 것이 좋을 것으로 생각됩니다. 우리 협회의 활동 내용을 북측이 공유해도 상당한 도움이 될 것입니다. 남북한이 민간 차원의 책임 있는 조사단을 구성하는 것도 좋으리라 생각됩니다. 우리 협회는 지금도 현지 조사 작업을 통해 희생자 유골을 꾸준히 수습하고 있습니다. 강제동원 희생자 유골을 모셔오는 것도 중요하지만, 시급한 것은 유골을 발굴, 수습해 한일 정부에 통보하고 데이터베이스화 하는 것입니다. 시간이 지날수록 유골이 사라지게 됩니다. 조사된 유골을 납골시설 한 곳에 보존하고, 이후 정부기관이 발족되면 철저한 검수를 통해 봉환 절차를 밟아야 할 것입니다.

일제 강점기 강제동원 희생자를 추모하는 공간이 아직 없다. 아태평화교류협회가 추모공원 건립을 추진하는 데 어려운 점은 없는가?

추모공원 건립을 정부 지원 없이 민간이 추진한다는 것은 쉬운 일이 아닙니다. 2015년 추모공원 건립 발대식을 한 후 철원·가평·단양 등 여러 곳을 검토했지만, 일차적으로 재원이 문제입니다. 강제동원 희생자들의 실상을 우리 후손과 국제사회에 알리고, 일본의 반성과 사과를 받기 위해서는 추모공원과 희생자들의 독립적인 묘역이 반드시 필요합니다.

평화협정이 이뤄지면 DMZ 내에 평화공원을 만들어 남북동포들이 참배할 수 있는 공간을 만들어야 한다는 견해도 있다. 어떻게 생각하는가?

비무장지대에 평화공원이 조성되면 더할 나위 없지만, 그곳이 아니더라도 반드시 조성돼야 합니다. 이 공원은 국제사회에 일제의 만행을 널리 알리고, 우리 후손들에게 역사의식을 심어줄 수 있는 장소가 될 것이며, 나아가 일본의 반성과 사과를 유도할 수 있는 계기가 될 것입니다. 남북 공동으로 준비하면 화합과 평화의 의미를 전 세계에 알릴 수 있을 것입니다. 우리 협회는 2015년 10월 추모공원 건립 발대식을 했기에, 비무장지대에 공원 조성이 추진된다면 적극 동참할 것입니다.

김홍걸 민화협 대표가 북한·일본을 다녀온 후 유골 문제는 한두 개 단체가 해결할 수 있는 것이 아니기에 한일 시민단체들과 적극적으로 협조할 생각이라고 밝혔다. (독자노선을 걸을 것인지, 아니면 협조하며 할 것인지)

당연히 환영할 일입니다. 현재 한국의 단체들은 사분오열돼 친유족, 가짜 유족 등으로 헐뜯고 있는 안타까운 모습을 보이고 있습니다. 구심점이 있다면 결집해서 힘을 보태야 할 것입니다. 만약 체계적이고 책임 있는 활동을 한다면 우리 협회도 힘을 보탤 것이며, 공식적인 협조 요청이 오면 적극 협조할 생각입니다.

대일항쟁기위원회가 소장한 약 34만 건의 강제동원 기록물을 유네스코 세계기록유산에 등재시키는 노력을 하고 있는 것으로 알고 있다.

2015년 일본은 메이지 산업혁명의 유산이라며 철강·조선 등 23곳을 유네스코 세계문화유산으로 등재시켰습니다. 우리 협회는 반대운동을 전개했지만 박근혜 정부의 불투명한 협상으로 등재가 되었습니다. 문제는 이 시설 중 7곳은 수많은 한인들이 강제동원돼 희생된 장소라는 사실입니다. 우리는 정부 위원회와 함께 그동안 준비된 강제동원 기록물을 유네스코 세계기록유산에 등재하려고 했지만 자국의 심사에서 탈락하는 웃지 못할 일이 벌어졌습니다. 비록 위원회는 폐지되었지만 계속 노력할 것입니다. 소장된 기록이 유네스코 기록유산에 등재되는 그날까지.

정부가 나서서 하기 힘든 부분은 민간단체에서 하는 것이 바람직하다. 정부에 건의하고 싶은 사안들은 있는가?

2004년 한국 정부는 일본 정부에 "강제동원 희생자들의 유골을 반환받고 싶다"고 공식 요청을 했습니다. 일본 정부는 각 지방자치단체에 조선인 유골을 보관하고 있는 곳은 신고해달라고 통보했지만 납골시설 등에서는 일부만 신고하고, 정부에 보고하지 않은 시설이 더 많은 것으로 추정됩니다. 정부는 외교 문제 등을 원활하게 협의하기 위해서라도 아태협과 같은 민간단체의 자료를 활용할 필요가 있습니다.

하지만 정부기관이 없으면 통제가 안 됩니다. 다시 말하지만 민간이 유해를 발굴하고 수습하려면 강제동원의 법적 개념부터 숙지하고 절차를 알아야 합니다. 유사단체의 유골 봉환 사례를 보면 강제동원 희생자라고 보기엔 불투명한 부분이 있습니다. 책임 있는 정부기관이 이것을 통제하는 역할을 해야 합니다. 확인되지 않은 유골을 분별없이 모셔오는 것은 혼선을 초래할 수 있습니다. 따라서 정부는 대일항쟁기위원회를 부활해 상시기관으로 전환해야 합니다. 또한 정체성이 불투명한 민간단체를 통제하고, 책임 있는 민간단체를 지정해 지원을 해야 합니다.

최근 북한 조선아시아태평양평화위원회로부터 초청을 받은 것으로 알고 있다.

얼마 전 북한 조선아태평양평화위원회로부터 초청장을 전달받았습니다. 일제 강제동원의 피해 진상에 관한 전문가 초청 남북실무회담이 주된 내용입니다. 북한 정부와 학계에서 일제 강제동원의 진상과 실태에 관해 어떤 생각을 하고 있는지를 엿볼 수 있는 좋은 기회가 될 것입니다. 우리 협회의 활동을 우리 정부는 물론 북한에서도 평가했다는 것이 보람으로 여겨집니다. 유골 발굴, 봉환 사업은 남북을 하나로 묶는 중요한 모멘텀이 될 것입니다. 통일부에 방북 신청을 했고, 오는 29일 북한을 방문하게 됩니다.

[파이낸셜뉴스] 2018. 8. 24. 31면

日 강제동원 유골 발굴, 北과 힘모으자

안부수 아태평화교류협회 회장

2004년 노무현 대통령은 전쟁 당시 강제 동원된 희생자들의 유골을 반환받고 싶다고 일본 고이즈미 총리에게 공식 요청했다. 몇 달 후 일본 정부는 각 지방자치단체에 조선인 유골을 보관하는 곳은 신고해달라고 통보했다. 대일항쟁기 일본이 강제동원한 조선인은 약 800만 명으로 추산되는데, 일본의 유골보관 납골시설 중 신고되지 않은 곳이 아직 더 많다.

이처럼 자료가 부족한 정부가 외교적인 문제로 협의하기 위해선 책임있는 민간이 조사한 자료를 첨부해 협상 테이블에 보충해야 한다. 그런데 최근 유사 단체의 유골봉안 사례를 보면 강제동원 희생자라고 보기엔 불분명한 유골을 일본 등에서 들여오는 경우가 있다.

유골을 수습해 국내에 봉안하는 일은 국민과 국제사회에 홍보하고 일본에 책임을 물을 수 있는 근거가 된다. 하지만 확인되지 않은 유골을 분별없이 모셔 오는 것은 오히려 혼선만 초래할 수도 있다. 정부는 민간이 수습한 유골들을 검수·통제·지휘해서 책임있는 자세로 유골을 확인해야 한다. 이를 위해 2015년 말 폐지된 대일항쟁기 일본 강제동원 희생자 유골발굴 관련 정부 위원회를 부활해 상시기관으로 전환해야 한다. 현재 위원회가 폐지돼 책임 있게 검수할 곳이 없는 상태다. 이로 인해 유사 단체들이 무분별하게 유골을 봉환해 일본 및 전문가의 비웃음거리가 될 소지가 있다. 땅속에 있는 유해는 발굴하더라도 봉안하기까지 상당한 절차가 필요하다.

이를 위해 일본에 있는 수많은 유골 현장 실태를 한·일 정부 기관에 통보해 보존케 하는 것이 우선이다. 희생자 조사와 국내 봉안에는 막대한 경비와 시간이 필요해 유골 보관이 우선이다. 보관된 유골은 시간이 지나도 누군가는 국내에 모셔올 수 있다. 국내 유족의 DNA 데이터베이스도 구축해야 한다. 또 화장 후 보관되는 유골이라도 확실한 개념과 '강제동원 희생자'의 본질을 모르고 무작위로 봉안해선 안 된다. 강제동원 희생자는 일본의 국가총동원법이 발표된 1938년부터 1945년 해방일까지 강제 또는 본인의 의사에 반해 탄광·항만·군수·공사장 등 동원 현장에서 사망한 경우에 해당된다. 예를 들어 강제동원됐지만 해방된 1945년 8월 15일 이후 동원 현장이 아닌 사회에서 사망한 경우는 '강제동원 피해자'로 구분해야 한다.

또 유골 명부에 조선이라고 명기돼 있어도 관할 관공서에 가서 원적지 대조, 한국정부 의뢰, 유족 확인 등 십수 단계를 거쳐야 한다. 납골시설의 과거 자료를 토대로 관공서 매화장인허증 확인, 본적지 및 강제동원 현장주소, 사망이유, 일본 및 한국 정부 검수 확인 등이 필요한 것이다.

과거사 진상규명에 대한 민족문제 해결에는 시효가 없으며, 희생자 유골 본국 송환은 대한민국 정부가 국민을 보호하는 의무이자 책무다. 우리는 2015년 폐지된 위원회를 중심으로 지난 14년간 진상과 실태, 구술자료, 유해발굴, 국내봉환 등 조사 데이터를 확보하고 있다. 최근 북한도 강제동원 희생자 유골 발굴에 관심을 보여 공동작업 체계를 구성하면 일본을 압박할 힘이 될 것이다. 학자 및 전문위원들로 구성된 남북 합동조사단을 구성하는 것은 남북 간 화합도 이룰 수도 있다.

얼마 전 아태평화교류협회는 북한 '아시아태평양평화위원회'의 초청장을 받았다. 일제 강제동원의 진상과 실태에 대한 전문가 초청, 남북 실무회담의 제안이 주된 내용이었다. 북한 정부와 학계 등이 강제동원에 대해 어떤 생각을 하는지 엿볼 수 있는 좋은 기회가 될 것이다. 아태협은 이런 내용을 포함해 통일부에 정식 방북 신청을 접수했다.

북한 '조선아시아태평양평화위원회' 초청 일제 강제동원 실태 및 진상 규명 세미나를 마치고. 왼쪽 두 번째가 김성혜 조선아시아태평양평화위원회 정책실장, 오른쪽 끝이 박철 조선아시아태평양평화위원회 부위원장(2018. 8. 30)

대일항쟁기 강제동원 피해조사위원회 존속에 관한 의견서

우리 위원회는 올 연말, 활동 기간의 종료를 앞두고 위원회를 구성하는 위원장 및 10명의 위원 중 당연직 정부위원 3명을 제외한 민간위원 7명의 의견을 모아 아래와 같이 위원회의 존속 필요성에 관한 의견을 개진합니다.

1 일제는 1930년대 만주사변 및 중일전쟁, 1941년 아시아태평양전쟁을 도발하면서 식민지배하의 한반도에서 광범위하고 비인도적인 인적 수탈(강제동원) 정책을 더욱 강화하였습니다. 이에 우리 선조들은 군인, 군무원, 노무자, 일본군 위안부 등으로 일본과 중국, 사할린, 동남아시아, 사이판 등 남태평양 각지의 전쟁터, 동토와 밀림, 오지의 탄광 등으로 끌려가서 억울한 죽음을 당하거나 강제노동, 성노예로 시달렸습니다.

2 정부는 2010년 한시기구인 우리 위원회를 설립하여(2004년 발족한 강제동원피해진상규명위와 2008년 발족한 국외희생자지원위를

통합) 22만 건 이상의 강제동원 피해 신고를 받아 조사하고, 집단 학살 등 강제동원과 관련된 36건의 진상조사를 통하여 '역사 바로 세우기'에 나섰습니다. 또한 11만 건 이상의 위로금 등 지급심사를 통하여 피해자를 지원하는 등 국민통합에 이바지하였습니다.

이는 '용서는 하되 잊지는 않는다'는 신념으로 피해국 정부가 조사를 하고 직접 피해자를 위로하는 등 가해국에 대한 도덕적 우위를 보임으로써 전시 강제동원 문제과 관련하여 세계적으로도 의미가 있습니다. 역사는 '과거와 현재의 끊임없는 대화'이며 개인의 과거 경험이 집단의 기억으로 축적된 것이라고 할 수 있습니다. 때로 우리는 어둡고 고통스러운 기억은 잊으려 애쓰게 됩니다. 그러나 어둡고 고통스러운 기억도 역사의 한 부분임은 잊지 말아야 합니다. '과거의 역사를 망각하는 국민에게는 그 역사가 되풀이 된다'는 말이 있습니다. 우리가 나라를 빼앗긴 채 고통과 치욕 속에서 살아온 일제 강점기 역사는 그래서 더욱 잊어서는 안 될 것입니다.

❸ 최근 일본은 강제동원되었던 우리 선조들의 막대한 희생으로 건설된 '하시마 탄광(군함도)' 등에 대하여 우리 정부의 반대에도 '유네스코 세계문화유산' 등재를 강행하였습니다. 또한 태평양전쟁 당시 '전몰자의 유골수습에 관한 법률'의 제정을 추진하면서 한국인은 명백히 배제하고 있습니다. 나아가 전쟁 전후의 과거사를 다시 검증하

겠다면서 총리 직속기관으로 '역사검증위원회'를 설치하는 등 역사 도발을 더욱 강화하고 있습니다. 이와 같이 일본은 끊임없이 강제동원의 '증거를 대보라'면서 우리 정부의 대응 의지와 능력을 시험하고 있는 것이 현실입니다.

실제로 '일본군 위안부'의 경우 학계에서는 최소한 20만 명 정도의 피해자가 있을 것으로 추정하고 있지만 현재까지 정부가 조사하여 인정된 사례는 242명에 불과합니다.

우리 위원회는 정부의 역사문제 해결의지를 분명히 하고 강제동원 진상규명을 위한 기관으로서, 객관적인 조사 결과, 즉 역사적 팩트를 바탕으로 일본의 책임과 반성을 촉구해 왔습니다. 그렇게 함으로써 머지않아 일본도 역사의 진실을 마주하게 되고, 역사의 진실 앞에 책임을 지고 '진정한 사죄'를 위한 용기를 보일 것입니다.

그러나 한편, 우리에게는 시간이 얼마 남지 않았습니다. 일제의 강제동원을 체험한 피해자들은 대부분 별세하였습니다. 생존한 분들이나 그 유족들도 직접 나서기에는 이미 노쇠하였습니다. 더 늦기 전에 정부는 강제동원 진상규명과 피해자 조사, 희생자의 유골 봉환 등 '나라를 잃은 국민'으로서 희생을 당한 마지막 한 사람까지 보살핌으로써 성숙한 국가의 품격을 지키고 국민의 자긍심을 높여야 할 때입니다.

4 우리 위원회는 지금까지 일제의 강제동원 피해조사 과정에서 수

집해 온 약 34만 건의 국가기록물을 소장하고 있습니다. 강제동원 전체 규모에 비하여 비록 일부이나마, 이 기록물은 33만 건 이상의 개인별 피해조사 및 심사 기록을 중심으로 각종 문서와 명부, 사진, 박물류 등으로 구성된 소위 '빅테이트' 자료입니다.

위원회는 2015. 12. 10. 위 기록물 중에서 주로 피해자들로부터 직접 수집한 문서, 사진이나 박물류 등 354점을 활용하여 '일제강제동원역사관'을 부산에 건립하고 그 개관식을 가졌습니다. 앞으로도 위원회는 역사관의 부족한 전시 콘텐츠를 보강하기 위하여 더욱 지속적으로 피해조사업무를 해나가야 할 것입니다. (위원회의 잔여 업무를 인수할 행자부는 전문성이 부족하고, 재단 등 민간단체에서 피해자 개인정보에 관한 '국가기록물'을 조사, 분석하거나 관리하는 것은 관련법상 타당하지 않습니다.)

한편, 위원회가 축적한 위 국가기록물은 역사의 팩트로서 역사문제와 관련한 대일 교섭에서 정부의 외교력을 뒷받침할 것입니다. 또한 한일 간 역사분쟁을 종식시키기 위한 방안의 하나로서 '유네스코 세계기록유산' 등재 방안도 적극 검토되어야 할 것입니다. 위원회는 위 기록물들이 강제동원 역사 전체를 아우르는 '완결성'도 갖추도록 진상규명과 피해조사 노력을 계속해 나가야 합니다.

나아가 위원회 업무 종료에 따라 위 국가기록물을 일반 문서와 같이 국가기록원으로 이관하여 사장시킬 것이 아니라, 향후에도 위원회를 통한 체계적인 관리로 문학과 예술, 영화 등 각종 문화 콘텐츠로 활용할 수 있는 방안도 모색해야 합니다. 그렇게 함으로써 앞으로는 일본의 역사도발에 대하여 감성적인 대응이 아니라 '역사'라는 강력한 팩트를 무기로 보다 이성적인 대응이 가능하게 될 것입니다.

또한 10년 이상 축적해온 위원회의 피해조사 및 진상규명의 경험과 전문지식, 노하우를 사장시키지 않고 지속적으로 활용해야 할 필요가 있습니다. 그동안 강제동원 명부 입수와 유골 확인 업무 등과 관련하여 일본의 양심적이고 우호적인 정치인, 학자와 지식인, 시민단체 등과 협력하기 위하여 구축해 온 각종 국제적 네트워크도 단절시키지 않도록 해야 할 것입니다.

무엇보다 위원회의 업무 종료로 인하여 우리 정부의 역사분쟁 해결 의지가 약화되었다는 국민적 오해를 받지 않게 해야 하고, 그동안 정부의 국민통합을 위한 노력과 이에 따른 성과가 왜곡되지 않도록 해야 할 것입니다. 이와 함께 일본 정부와 우익단체에 우리 정부의 강제동원 진상규명 업무가 한계를 보이고 있다는 그릇된 메시지를 전달함에 따라 다시금 역사 왜곡의 빌미를 주어서는 안 될 것입니다.

붙임 : 대일항쟁기위원회 존속 필요성

2015. 12.

대일항쟁기강제동원 피해조사 및 국외강제동원희생자등 지원위원회

대일항쟁기위원회 존속 필요성

일본군 위안부 등 일제 강제동원 역사문제 해결을 위한 정부의 역할

■ **최근 일본 정부의 움직임과 위원회의 역할(주변 환경의 변화)**

o 현재 한일 관계는 일본군 위안부 문제를 포함하여 일본 정부의 지속적 역사 왜곡과 동북아 역사 분쟁 도발로 인해 해방 후 최악의 상황임

- 2015. 7. 5. 강제동원된 한국인의 막대한 희생으로 건설된 '하시마 탄광'(군함도) 등 일본 근대화 시설에 대한 '유네스코 세계문화유산' 등재

- 2015. 10. 28. 일본 중의원에서 여야 만장일치로 정부 책임하에 태평양전쟁 당시 '전몰자의 유골수습 추진에 관한 법률' 통과하면서 한국인은 배제

- 2015. 11. 11. 일본 집권 자민당은 종전 60주년을 맞아 과거사를

직접 검증하겠다는 명분으로 총리 직속으로 '전쟁 및 역사인식 검증위원회'의 설치를 추진

o 최근 양국 국민들 간 상호 신뢰도 역시 최저치를 나타내고 있는 바, 상호 신뢰 회복과 외교정책의 신뢰도 제고를 위하여 보다 지속적인 대응이 필요함

◆ 중국은 일본의 반대를 무릅쓰고 최근 난징학살 기록을 세계유네스코 기록유산으로 등재하고, 국가 주석이 직접 기념관을 방문하는 등 범국가적 차원에서 대응함

o 대일항쟁기위원회는 일본군 위안부 등 일제 강제동원의 진상규명을 위한 정부기관으로서 정부의 대일 역사문제 해결 의지를 명확히 하는 상징적 역할을 함

- 위원회는 역사적이고 객관적인 팩트(조사결과)를 바탕으로 가해국 일본의 책임과 반성을 촉구하고, 대승적 차원의 화해·교류·협력을 이끌어 냄

- 도덕적 우위와 인권을 중시하는 국제사회의 책임 있는 일원으로서 피해 역사를 철저히 조사하고, 피해자와 유족을 위로함으로써 성숙한 국가의 품격을 높임

o 향후 중국·러시아·북한과 대일 역사문제 공조를 통해 동아시아에서 한국의 주도권 확립에 기여할 수 있음

o 장차 통일에 대비하여 북한 본적지 출신 피해자 조사 및 해외 유해

봉환을 통하여 한민족 공동체로서 식민지 역사 청산을 위한 북한 과의 공조 여지가 있음

■ 대일항쟁기위원회 업무의 의미와 특성

○ 역사적·국가적 책무와 사회적 통합에 기여 : 해방 후 60년 만에 국가가 정부기관을 수립하여 일제 강제동원 역사의 진실을 밝히고, 해외 유해 봉안 등 피해자의 고통을 치유함으로써 사회통합에 기여하고 국가의 기본 책무를 수행함

◆ 피해국 정부가 관련기관을 설립, 피해조사와 직접 피해자를 지원한다는 점에서 대일관계에서 도덕적 우위를 보이고, 이는 세계적으로도 의미가 있음

○ 국가의 품격 제고 : 역사적 팩트를 바탕으로 인도주의 정신과 평화를 지향하는 위원회 운영 방식은 국제적으로도 국가 이미지와 브랜드를 제고함

○ 일·북·중·러시아 등 다른 아태 국가들과 외교적 협력 관계 부여 : 주변 4대국과 동남아·태평양 국가들이 관련된 아시아태평양전쟁의 전후 청산 문제를 주도하고, 해외 유해 발굴 및 봉환, 추도사업 등을 통한 우호와 협력을 증진함

○ 대일 교섭에 정부의 정치력·외교력을 팩트로서 뒷받침 : 과거사 문제와 관련한 일본과의 교섭에서 진상조사 결과, 즉 역사적 팩트를

바탕으로 한 정부의 외교력을 강화함(외교부 동북아과의 요망사항)

■ 대일 관계 현안과 관련한 향후 위원회의 과제

(1) 강제동원 피해 조사

o 전시 강제동원 진상규명은 피해국가의 책무이자 세계 보편적 추세

〈제2차 세계대전 피해국의 진상규명 노력 사례〉

o 이스라엘 야드바셈(Yad Vashem) : 히틀러와 나치에 의해 자
행된 피해역사를 조사하고 역사적 교훈을 남기기 위해 1953
년 이스라엘이 설치한 상설 조사기구 및 기념시설

o 중국 난징대학살기념관 : 1937년 일본군에 의해 자행된 난
징 학살을 조사하고 국제사회와 공유하기 위해 1985년 중국
정부가 설치한 조사기구 및 기념시설

※ 중국은 2015 유네스코 세계유산에 등재 결정됨

※ 미국 JPAC(미 전쟁포로·실종자 합동확인 사령부. The Joint
POW/MIA Accounting Command. "You're not forgotten."
"Until they are home.") : 제2차 세계대전 이후 6·25전쟁, 아
프가니스탄 전쟁 등 미국이 개입한 전쟁·분쟁 지역에서 사망·실

종(8만3,000명 추정)된 미군·미국인의 유해를 추적·발굴·수습·안장하는 정부 상설기관

- 그동안 위원회가 수행한 피해조사 결과는 강제동원 피해자 782만 명(국내외 포함 연인원) 대비 3퍼센트에 불과해 피해자 및 유족의 불만과 민원이 누적됨
  - 그간 개인별 피해신고 3회 실시했으나 기한의 설정으로 미신고자 발생
  - 중국 '난징기념관'이나 이스라엘 '야드바셈' 등은 기한 없이 피해 신고 가능
- 일본군 위안부와 같은 반인도적 인권유린, 관동대지진 조선인 학살과 같은 '제노사이드' 조사는 식민지 피해국가에서 반드시 해야 할 과제임

(2) 강제동원 사망조사 유해 조사 및 봉안

- 2013년부터 러시아 정부와 합의하에 사할린 지역 강제동원 한인 유골을 3회에 걸쳐 연차적으로 32위 국내로 봉안함(양국간 향후 지속될 사업)
- 그밖에 일본지역 노무자, 사할린 한인, 시베리아 억류 포로, 태평양 격전지 한인 희생자 등 희생자 유골의 국내 봉안 시급한 실정임
  - 이에 비하여 일본 정부는 현재까지 126만 명 이상의 해외 유골 봉

안을 마치고, 다시 2015. 10. 28. '전몰자의 유골수습 추진에 관한 법률'을 중의원에서 가결, 본격적인 유골 봉안 체제를 수립함(한인 유골은 배제함)

> ※ 일본 법률은 수습대상을 '우리나라 전몰자'(제2조)로 제한하여 '한인을 배제'하고, 한인 유골은 한국정부의 문제로, 발견 시 정부에 통보할 방침임. 강제동원 희생자 유골 조사, 수습, 봉환은 위원회 고유의 업무(제8조 제2항)이므로 일본의 태도에 적극적으로 대응할 필요가 있음

(3) 강제동원 기록물 유네스코 등재로 역사 왜곡에 적극 대응

o 현재 위원회가 작성, 수집한 기록물의 '유네스코 세계기록유산' 등재 추진

- 강제동원 기록물의 세계사회와의 공유 및 활용(연구·교육)을 통해 일본의 역사 왜곡을 원천적으로 봉쇄하는 효과

□ 기록물 등 34만 건 유네스코 세계기록유산 등재 신청 준비 중 (2017. 10. 등재 예정)

o 등재를 위한 치밀한 준비 및 일본 정부의 반대 움직임에 대한 적극적 대응, 등재 이후의 지속적인 자료의 보완 및 축적, 관리가 필요함(일본군 위안부 등 반인륜적 피해 사례를 최대한 발굴해야 함)

(4) 강제동원 관련 추가 자료의 입수와 조사 및 검증

o 현재까지 일본 정부가 보관하는 공탁금 문서 등 총 339종, 180만
건의 강제동원 명부 수집 분석, DB화 완료함

o 그러나 최근 정부가 발굴한 '일정시피징용자명부'에 대한 조사는
10퍼센트에도 미치지 못함(1948년 정부 수립과 6·25 등 혼란기
에 우리 정부가 피해 신고를 받은 명부로 수록 인원 22만9,784명
중 약 10퍼센트인 2만2,000명 조사, 완료)

o 기타 강제동원 관련 자료의 입수 필요성

- 2005년 이후 17만 건의 공탁금 명부를 수집했으나, 일본 정부 소
장 우편저금명부, 예탁금 자료, 시베리아 포로 사망자 명부, 사할
린 소재 한인 기록물 등 다양한 자료가 미수집된 상태

(5) 국내 강제동원 유적 조사·보전 및 활용

o 한반도 내 8,000개소가 넘는 강제동원 유적 조사 및 보존을 통한
평화적 활용 필요성(제주도 한라산 땅굴, 강원도 광산 및 항구, 서
울 용산 미국기지, 진해 해군기지, 부산항, 전남 해남 광산 등)

- 현재 위원회가 파악한 8,438개소(남북한 포함)에 대한 강제동원
유적지 전수 조사 및 보존, 관리가 절실한 상황

- 이에 비하여 일본은 2005년 현재 1만280곳의 지하호 전수 조사
를 완료하고 전쟁 역사를 기억하는 장소로 설정해 유네스코 세계

유산으로 등재하는 등 적극 활용

o 남북한 공동사업을 통해 강제동원 유적지의 평화적 활용 방안 모색 필요

■ 대일항쟁기위원회 폐지에 따른 주요 문제점

o 정부의 역사 대응에 대한 비판 우려 : '피해자를 위로하고 국민화합에 기여'하는 특별법의 취지를 지속하지 못하고 일본의 지속적인 역사 왜곡에 대응하는 국가의 책무를 포기한다는 인식을 줄 우려가 있음(특히 '일정시피징용명부'의 경우 정부가 피해 신고를 받고도 피해자 조사, 지원 등 후속조치의 중단으로 우려되는 '친일파' 논란)

o 일본의 왜곡된 인식 조장 우려 : 일본 정부 및 우익단체에 한국 정부 스스로 일제의 강제동원 피해조사에 대한 종지부를 찍은 것으로 그릇된 메시지를 전달하여 역사 왜곡의 빌미를 줄 우려가 있음 (일본군 위안부의 경우, 학계 추정 최소한 20만 명에 비하여 조사, 인정된 사람은 242명에 불과)

o 해외 유해 봉환 및 미수금 관련자료 입수 중단 우려 : 일본 지역 노무동원 희생자 2,700여 위와 사할린 지역 희생자 유해 봉환 및 우편저금 등 관련 자료의 요청과 수집·조사가 중단될 가능성이 높음 (사할린 지역은 2013년 유해 봉안 시범사업을 통하여 러시아 정

부와 인도적 견지에서 연차적·지속적으로 수행하기로 합의하였음에도 임의로 중단하게 되는 외교적 문제점)

○ 정부의 성과 왜곡 우려 : 그동안 위원회를 통하여 약 11만 명 이상의 피해자들에게 6,200억 원 이상의 위로금을 지급하는 등 적지 않은 정부 예산을 투입하였음에도, 사업의 성과가 단절됨에 따라 정부 업적이 빛을 보지 못하고 반대 세력에 의하여 의미가 왜곡될 우려가 있음

■ 결론 및 제안 : 위원회의 존속 필요성과 예산 문제

○ 강제동원 피해자에 대한 국가적 책무를 수행하고, 해외 희생자 유해 봉안 등으로 국민의 자긍심을 드높일 수 있는 사회통합기관의 필요성

○ 한일 간 미래지향적 관계를 위하여 역사적 사실을 바탕으로 대일 외교를 강화하고 품격 있는 국가로서 국제적 위상 강화의 필요성

○ 1965년 한일청구권협정과 관련하여 설립된 위원회의 활동을 통하여 청구권협정에 대한 오해와 트라우마 극복의 필요성(특별법 제1조 목적 조항)

○ 사건 발생 90년 이상 정부의 진상조사가 미비한 '관동지진시 학살 사건' 등 일제 식민지 피해조사의 당위성과 시급성을 고려한 능동적 대처의 필요성

o 부산에 설립된 '일제강제동원역사관' 콘텐츠의 추가 보완 및 안정적 관리, 운영의 필요성(6층 건물 약 1만2,000평방미터 규모에 전시물은 354점에 불과)

o '강제동원피해기록물'이 '유네스코 세계기록유산'으로 등재될 경우, 지속적인 '완결성' 구비와 국가기록물로서 전문적 관리, 활용의 필요성(약 34만 건)

o 근 10년 이상 쌓아온 일제 강제동원 진상규명, 피해조사 및 지원심사 등 위원회의 경험과 전문지식, 노하우 및 각종 네트워크의 적극적 활용 필요성

o 일본에서 관련 자료 입수, 전달 및 일본 국민에 대한 홍보와 교육에 힘써 온 한·일본의 우호적 지식인, 시민단체 등과 위원회의 지속적 연대 필요성(최근 일본의 '강제동원진상규명 네트워크' 소속 17개 단체 및 지식인들이 주도하여 '위원회 존속 요망서'를 대사관을 통하여 대통령과 국회에 제출함)

o 강제동원피해자지원재단의 업무와 관련하여

재단은 법적 성질상 민법상의 재단법인으로 위원회처럼 공권력이 수반되는 피해자조사, 진상조사, 지원금 지급심사, 해외 유해발굴 및 봉안, 국가시설인 역사관의 운영이나 국가기록물인 피해조사 및 심의기록 등의 관리 등 원천적으로 공무적 기능을 수행할 수 없는 바, 위원회 산하에 민간조직으로 두어 민간에서 할 수 있는 추도

공간 조성사업, 유족 복지사업, 문화·학술·조사 연구사업, 후생복지·교육사업을 담당하면서 위원회 업무를 보조하는 식의 역할 분담이 바람직함

○ 위원회 운영 예산과 관련하여

지난 11년간 위원회의 대대적인 홍보로 피해신고 및 지원금 신청을 받아 약 22만 건의 피해조사 및 약 11만 건의 지원심사를 종료하였던 바, 앞으로 추가 신고기간을 일정 기간 열어두더라도 이미 피해자가 사망하였거나, 유족이 없거나, 증거가 없거나, 수치스럽게 생각하여 신고를 하지 않는 사람, 특히 일본군 위안부 등 여성 피해자를 고려하면, 향후에도 지원금 신청자는 그리 많지 않을 것으로 예상됨(국내 동원자의 경우, 중복 동원 등으로 숫자는 많아 보이지만, 당시 국내는 해외와 달리 전쟁터가 아닌 점 등 해외 동원자에 비하여 상대적으로 생존환경이 열악하지 않으므로 강제동원으로 인한 사망, 행불자, 또는 장애자가 많지 않을 것임) 그밖에 위원회의 진상규명 및 피해조사, 자료수집 및 분석, 유해봉환 등 업무수행을 위한 예산은 연간 50억 원 이하로 추정됨

■ 참고 : 추가 수집대상 주요자료

제목	내용	규모
우편저금 자료	• 일본이 전비 조달을 위해 강제적으로 운영한 우편저금제도 • 내지통상우편저금, 군사우편저금, 외지우편저금 등 모두 세 종류 • 수집대상 : 군사우편저금, 외지우편저금 자료	• 합계 약 1,936건 ※대만인 등 포함 – 외지우편저금 : 1,866만 계좌, 약 22억 엔 – 군사우편저금 : 70만 계좌, 약 21억 엔
예탁금 자료	• 1945. 9. 해외로부터 자금유입에 따른 인플레를 우려한 GHQ 지침에 따라 외지에서 귀국자의 통화와 증권을 위탁하도록 함 • 1953년부터 반환하였으나 미반환 통화와 증권이 잔존(주로 한국인으로 추정) • 2014. 8. 나고야 총영사관 확인	• 총 87만 건으로 추정 ※일본인 포함
시베리아 포로 관련 자료	• 1945. 8. 소련 극동군이 소만 국경을 넘어 진격한 후 소련군에 의해 시베리아 및 몽골지역에 이송된 군인(한국인 포함) • 일본 정부가 러시아에서 입수한 4만6,303명 중 한국인 포로 포함	• 총 1만1,000여 건 • 한인 포로 1만206명 • 한인 포로 사망자 1,000여 명
사할린 한인 기록물	• 국립사할린주 역사기록보존소, 국립사할린주 개인기록보존소, 지자체 기록보존소 등지에 소장된 한인 기록물 • 외교당국간 교섭을 통해 한·러 정부 간 기록물 사본화 합의 • 2014년 1차년도 사업추진 (명단 7,000여 건 확보)	• 총 4만 건으로 추정

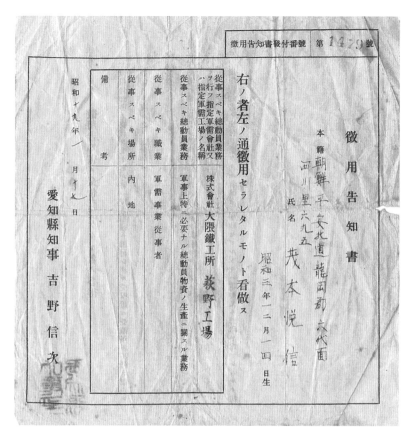

징용고지서(1944. 1. 17, 일본 아이치현 吉野信次가 이학현을 주식회사 오쿠마철공소 하기노공장 군수사업 종사자로 동원한다고 기재돼 있다. - 이학현 기증 / 대일항쟁기위원회, 『조각난 그날의 기억』, 60쪽)

대일항쟁기 강제동원 피해조사위원회의 존속을 강력히 요구합니다

존경하는 대통령님!

아베 정부는 한국을 불법으로 점령했던 파렴치한 과거를 부정하고 수백 만의 한국인을 강제로 전쟁터로 내몰았던 역사를 왜곡·축소시키는 것도 모자라, 역사검증위원회를 설치해 전쟁 만행을 지우려고 획책하고 있습니다. 이 중대한 시기에 우리 정부가 대일항쟁기 강제동원 피해조사위원회를 폐지한다는 게 웬말입니까? 우리 800만 강제동원 피해자 유족들은 아래의 이유로 대일항쟁기 강제동원 피해조사위원회의 존속을 간절히 요청드립니다.

첫째, 대일항쟁기 강제동원 피해조사위원회는 일제가 저지른 강제동원의 실태를 낱낱이 조사한 실적과 노하우가 있습니다. 피해조사는 피해국 정부가, 반성과 사죄는 가해국이 하는 것이 당연합니다. 이스라엘도 정부기관 야드바솀을 통해 자국민의 피해를 철저하게 조사하였고, 가해국 독일이 재단을 통해 반성과 사죄를 하는 데 공헌했습니다. 우리 정부도 일본의 반성과 사죄가 있을 때까지 철저하게 조사하여 기록을 빠짐없이 남겨야 합니다.

둘째, 우리 국민 마지막 한 명이 가족 품에 돌아오는 그날까지 강제동원 희생자의 유해를 봉환해야 합니다. 대일항쟁기위원회는 일본에 안치된 군인·군속 유골 423위를 모두 봉환한 데 이어, 노무자 유골도 봉환하기 위해 교섭을 계속하고 있습니다. 지난 2013년에는 러시아 정부와 교섭을 통해 정부 최초로 사할린에 강제동원되어 희생당한 한인 유골을 봉환하는 역사적인 과업을 이루어 냈습니다. 전쟁 범죄국 일본은 올해 10월 일본군 유해를 수습하기 위한 법률을 제정하며 체계적인 유골 수습에 나섰는데, 오히려 우리는 전문기관인 위원회를 폐지한다고 하니, 우리 유족은, 우리 국민은, 도대체 누구에게 의지해야 한단 말입니까?

셋째, 강제동원 피해조사는 반드시 유네스코 세계기록유산으로 등재시켜야 합니다. 일본의 전쟁 만행을 객관적으로 증명하는 자료를 위원회가 생산하고 수집해 왔습니다. 이 중요한 기록물을 국제사회가 공유하며 역사의 교훈으로 삼아 두 번 다시 일본이 전쟁으로 아시아 국가를 능멸하는 일이 없도록 해야 합니다. 일본 전문가와 시민사회도 그 뜻을 같이 하여 유네스코 등재를 적극 지지하고 나섰습니다. 중국정부와 시민들도 함께 하기를 희망하고 있습니다. 이 일은 전문기관인 위원회가 아니면 불가능합니다.

행정자치부는 위원회가 해왔던 역할을 승계한다고 합니다. 그러나 강제동원 업무는 기만과 술책을 일삼는 일본을 상대하는 전문적인 일이므로 의욕만으로는 어렵습니다. 더구나 조사 경험과 내용도 모르고 유족의 아픔도 모르며 순환보직으로 담당자가 수시 교체되는 상황에서는 더욱 할 수 없는 업무입니다. 행정자치부가 800만 피해자를 버리겠다는 생각이 아니라면, 위원회 폐지 계획은 절대로 세울 수 없습니다. 우리 유족들은 너무 기가 막혀 잠도 오지 않습니다.

존경하는 대통령님, 우리 사단법인 유족회는 '일본군 위안부' 할머니에 대해 일본 정부의 진정성 있는 사죄와 대책을 촉구한 대통령님의 단호한 의지에 큰 감동을 받았습니다. 이와 똑같은 강제동원의 피해를 입은 우리 희생자와 그 유족의 한이 풀어지도록 대일항쟁기 강제동원 피해조사위원회의 존속을 간곡히 두 손 모아 요청하오니 부디 대통령님의 소신 있는 결단이 있기를 희망하고 또 희망합니다.

2015년 12월

(사)아태평화교류협회 안부수

(사)아시아태평양전쟁희생자한국유족회 최용상

(사)일제강제동원피해자연합회 백장호

(사)전국 일제피해자 연합회 김봉시

(사)중소이산가족회 이팔봉

(사)전국일제피해자보상연합회 김인성

(사)사할린 강제동원억류희생자 한국유족회 신윤순

(사)일제강제연행피해자유족회 김　호

▣ 청원서

시　행 : 2015.12.01

분　류 : 아태협 제15-12-01호

수　신 : 대한민국 국회 안전행정위원회 위원장(외 20인)

발　신 : (사)아태평화교류협회

제　목 : 대일항쟁기강제동원피해조사 및 국외강제동원희생자등 지원위원회 존속
　　　　을 위한 법안 발의 청원의견

참가국 : 대한민국·일본·중국·태국 등

---

1. 귀 위원회의 무궁한 발전을 기원합니다.

2. 협회 소개 : (사)아태평화교류협회는 지난 십수년간 해외 강제동원 희생자 유해를 조사, 발굴, 수습하여 왔으며, 대일항쟁기위원회와 공조하여 조사 자료를 제출하고, 위원회의 검수를 거쳐 2009년 110위, 2010년 31위, 2012년 36위 등 3차례에 걸쳐 177위의 유골을 본국으로 봉환하여 안치한 민간단체입니다.

3. 협회진행사업 : 일제의 국가총동원법 시행기인 1938년 4월 1일부터 1945년 8월 15일까지 국외로 강제동원돼 희생된 분들의 유골을

본국으로 봉환해 억울한 영혼을 달래고, 유족들의 슬픔을 위로함으로써 국민 화합에 기여하고, 대외적으로는 국격의 건실함을 다지며, 그 실태를 홍보하는 데 목적을 두고 있습니다.

4. 대일항쟁기위원회 존속의 필요성 : 2004년 위원회가 발족돼 지금까지 강제동원 진상규명을 조사, 처리한 것이 22만6,583건으로 많은 일을 진행하였지만, 이는 전체 피해의 3퍼센트에 불과합니다. 이대로 위원회가 폐지되면 97퍼센트는 영구 미결과제로 남게 될 것입니다.

가) 지금까지 강제동원 피해조사 등을 진행해온 국가기관을 폐지하면 가해국인 일본과 상대할 수 있는 창구가 없어지며, 꾸준한 협의를 통해 한일간 입장차를 좁혀온 전문위원들의 노력이 하루아침에 물거품이 될 것입니다.

나) 국외에서 민간차원의 활동을 해온 우리 협회는 정부 위원회가 있다는 것으로도 일본 등 각국에 국격의 건실함을 과시할 수 있었습니다. 만약 위원회가 폐지되면 국외에서 활동하는 민간단체의 조사, 발굴 및 해외교류에 막대한 혼선이 초래될 것입니다.

다) 업무가 재단으로 이관되면 공권력이 수반되는 피해 진상조사, 민간단체 감독 등이 불투명해져 유해 발굴 및 봉환이 혼선을 초래할 수 있으며, 국가기록물의 심의, 피해조사 기록 관리 등의 공무적인

대 한 민 국 국 회

수신자　안부수(서울시 강남구 봉은사로61길 20, 102호)
(경유)

제목　'대일항쟁기강제동원피해조사 및 국외강제동원희생자 등 지원위원회'
　　　존속을 위한 법안 통과에 관한 청원 회부 통지

　　　2015.12.7. 귀하께서 이명수의원의 소개로 제출한 "'대일항쟁기강제
동원피해조사 및 국외강제동원희생자 등 지원위원회' 존속을 위한 법안 통과에
관한 청원"은 국회법 제124조제1항 및 국회청원심사규칙 제7조에 따라
2015.12.　.자로 안전행정위원회에 회부하였음을 알려드립니다. 끝.

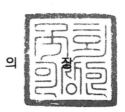

국 　회 　의 　장

수신자

주무관　진애란　행정사무관　이계영　의정종합지원센터장　이정은

협조자

시행 의정종합지원센터장실-6143 (2015. 12. 9) 접수
우 150-071　서울시 영등포구 의사당로1(여의도동)　　/ http://www.assembly.go.kr
전화 2154　　　　전송 788-3346　　/ petition@assembly.go.kr　　/ 공개

기능도 수행할 수 없을 것입니다.

라) 재단 및 책임 있는 민간단체를 선정하여 위원회 산하에 두어 재단과 민간이 할 수 있는 추도공간 조성, 유족 복지, 문화학술, 교육홍보 등의 사업을 위원회와 공조, 진행해야 할 것입니다. 또한 민간의 해외 유해 발굴 및 수습을 관리하고, 이를 지원해야 할 것입니다.

마) 정부는 한일 간의 외교적 문제를 앞세워 유해 발굴, 수습, 국내 봉환과 희생자 추도 묘역 및 추도탑 조성 등을 미루고 있습니다. 정부는 정부 간에 해야 할 일이 있으므로 정부의 손이 미치지 않는 민간교류는 신뢰할 수 있고 책임감 있는 민간단체가 할 수 있도록 지원해야 할 것입니다.

5. 일본의 지속적인 역사왜곡에 강력히 대응해야 하는 시점에 위원회를 폐지하면 재단이나 민간단체의 대응 능력이 약화되며, 대내외적으로는 정부가 자국민의 인권을 책임지고 보호해야 할 책무를 포기한다는 인식을 줄 것입니다.

6. 한시적으로 출범한 대한민국 유일의 조사기관인 대일항쟁기위원회가 상설화되어야 함에도 국민의 의사는 논의조차 이루어지지 않고 폐지될 위기에 있습니다. 진실된 역사를 후대에 알려주기 위한 노력이 물거품이 되는 현실에 통탄을 금할 수 없습니다. 대외적으로 목소

리를 낼 수 있는 유일한 조사기관이 존속될 수 있도록 존경하는 위원장님과 위원님들께서 법안을 발의하여 주시기를 간곡히 요청하며 이를 청원합니다.

붙임 : 1. 대일항쟁기위원회 존속요청 서명인 명부(약 3만5,000명 첨부)
      2. (사)아태평화교류협회 소개서
      3. 범국민 서명운동 활동자료. 끝.

2015. 12. 3

일본 강제동원 시설 세계문화유산 등재 반대 범국민 서명운동(2015. 5, 서울역 광장)

대일항쟁기 강제동원 피해조사 및
국외강제동원 희생자 등 지원에 관한 특별법
(약칭 : 강제동원조사법)

[시행 2017. 7. 26] [법률 제14839호, 2017. 7. 26, 타법개정]

제1조(목적) 이 법은 대일항쟁기 강제동원 피해의 진상을 규명하여 역사의 진실을 밝히고 나아가 1965년에 체결된 「대한민국과 일본국 간의 재산 및 청구권에 관한 문제의 해결과 경제협력에 관한 협정」과 관련하여 국가가 태평양전쟁 전후 국외강제동원 희생자와 그 유족 등에게 인도적 차원에서 위로금 등을 지원함으로써 이들의 고통을 치유하고 국민화합에 기여함을 목적으로 한다.

제2조(정의) 이 법에서 사용하는 용어의 뜻은 다음과 같다.

1. "대일항쟁기 강제동원 피해"란 만주사변 이후 태평양전쟁에 이르는 시기에 일제에 의하여 강제동원되어 군인 · 군무원 · 노무

자·위안부 등의 생활을 강요당한 자가 입은 생명·신체·재산 등의 피해를 말한다.

2. "피해자"란 제1호에 따른 대일항쟁기 강제동원 피해를 입은 사람으로서 제8조제3호에 따라 피해자로 결정된 사람을 말한다.

3. "국외강제동원 희생자"란 다음 각 목의 어느 하나에 해당하는 사람을 말한다.

가. 1938년 4월 1일부터 1945년 8월 15일 사이에 일제에 의하여 군인·군무원 또는 노무자 등으로 국외로 강제동원되어 그 기간 중 또는 국내로 돌아오는 과정에서 사망하거나 행방불명된 사람 또는 대통령령으로 정하는 부상으로 장해를 입은 사람으로서 제8조 제6호에 따라 국외강제동원 희생자로 결정을 받은 사람

나. 「일제강점하 강제동원피해 진상규명 등에 관한 특별법」(이 법에 따라 폐지되는 법률을 말한다. 이하 같다) 제3조제2항제4호나 이법 제8조제3호에 따라 피해자로 결정을 받은 사람으로서 1938년 4월 1일부터 1945년 8월 15일 사이에 일제에 의하여 군인·군무원 또는 노무자 등으로 국외로 강제동원되어 그 기간 중 또는 국내로 돌아오는 과정에서 사망하거나 행방불명된 사람

다. 사할린 지역 강제동원 피해자의 경우는 1938년 4월 1일부터 1990년 9월 30일까지의 기간 중 또는 국내로 돌아오는 과정에서 사망하거나 행방불명된 사람

4. "국외강제동원 생환자"란 1938년 4월 1일부터 1945년 8월 15일 사이에 일제에 의하여 군인·군무원 또는 노무자 등으로 국외로 강제동원되었다가 국내로 돌아온 사람 중 국외강제동원 희생자에 해당되지 못한 사람으로서 제8조제7호에 따라 국외강제동원 생환자로 결정을 받은 사람을 말한다.

5. "미수금피해자"란 1938년 4월 1일부터 1945년 8월 15일 사이에 일제에 의하여 군인·군무원 또는 노무자 등으로 국외로 강제동원 되어 노무제공 등을 한 대가로 일본국 및 일본 기업 등으로부터 지급받을 수 있었던 급료, 여러 가지 수당, 조위금 또는 부조료 등(이하 "미수금"이라 한다)을 지급받지 못한 사람으로서 제8조제6호에 따라 미수금피해자로 결정을 받은 사람을 말한다.

제3조(유족의 범위 등)　① 이 법에서 "유족"이란 피해자, 국외강제동원 희생자, 미수금피해자 가운데 사망하거나 행방불명된 사람의 친족 중 다음 각 호에 해당하는 사람으로서 제8조제3호 및 제6호에 따라 유족으로 결정을 받은 사람을 말한다.

1. 배우자 및 자녀

2. 부모

3. 손자녀

4. 형제자매

② 제4조에 따른 위로금 및 제5조에 따른 미수금 지원금을 지급받을 유족의 순위는 제1항 각 호의 순위로 한다.

③ 제1항 각 호의 순위에 따른 유족은 제4조에 따른 위로금 및 제5조에 따른 미수금 지원금을 지급받을 권리를 갖는다. 다만, 같은 순위자가 2명 이상인 경우에는 같은 지분으로 위로금 및 미수금 지원금을 지급받을 권리를 공유한다.

④ 강제동원 피해 사망자의 유골을 인수할 수 있는 유족에 대하여는 제1항 각 호의 해당자가 없는 경우 사망자의 친족 중 제8조에 따른 대일항쟁기강제동원피해조사및국외강제동원희생자등지원위원회가 인정하는 근친 또는 연고자의 순으로 정한다.

제4조(위로금) 국가는 국외강제동원 희생자 또는 그 유족에게 다음 각 호의 구분에 따라 위로금을 지급한다.

1. 국외로 강제동원되어 사망하거나 행방불명된 경우에는 국외강제동원 희생자 1명당 2천만원[「대일민간청구권 보상에 관한 법률」(법률 제2685호 대일민간청구권보상에관한법률로 제정되어 법률 제3615호 대일민간청구권보상에관한법률 폐지법률로 폐지된 법률을 말한다) 제4조제2항에 따라 금전을 지급받은 경우에는 희생자 1명당 234만원을 뺀 금액으로 한다.]

2. 국외로 강제동원되어 부상으로 장해를 입은 경우에는 국외강제

동원 희생자 1명당 2천만원 이하의 범위에서 장해 정도를 고려하여 대통령령으로 정하는 금액

제5조(미수금 지원금) ① 국가는 미수금피해자 또는 그 유족에게 미수금피해자가 일본국 또는 일본 기업 등으로부터 지급받을 수 있었던 미수금을 당시의 일본국 통화 1엔에 대한민국 통화 2천원으로 환산하여 지급한다.

② 제1항의 경우에 미수금의 액수가 일본국 통화 100엔 이하인 경우에는 미수금 액수를 일본국 통화 100엔으로 본다.

제6조(의료지원금) ① 국가는 국외강제동원 희생자 중 생존자 또는 국외강제동원 생환자 중 생존자가 노령·질병 또는 장애 등으로 치료가 필요하거나 보조장구(補助裝具) 사용이 필요한 경우에는 치료 또는 보조장구의 구입에 사용되는 비용의 일부를 지원한다.

② 제1항에 따른 지원금의 지급액, 지급방법, 그 밖에 지급에 필요한 사항은 대통령령으로 정한다.

제7조(위로금등 지급의 제외) 다음 각 호의 어느 하나에 해당하는 경우에는 제4조에 따른 위로금, 제5조에 따른 미수금 지원금 및 제6조에 따른 의료지원금(이하 "위로금등"이라 한다)을 지급하지 아니한다.

1. 국외강제동원 희생자, 국외강제동원 생환자 또는 미수금피해자가 「일제강점하 반민족행위 진상규명에 관한 특별법」 제2조에 따른 친일반민족행위를 한 경우

2. 「일제하 일본군위안부 피해자에 대한 생활안정지원 및 기념사업 등에 관한 법률」 등 별도 법률에 따라 강제동원 기간 동안 입은 피해에 대하여 이미 일정한 지원을 받았거나 현재 받고 있는 사람 또는 그 유족

3. 1947년 8월 15일부터 1965년 6월 22일까지 계속하여 일본에 거주한 사람

4. 대한민국의 국적을 갖고 있지 아니한 사람

제8조(대일항쟁기강제동원피해조사및국외강제동원희생자등지원위원회의 설치 및 업무)   다음 각 호의 사항을 심의·결정하기 위하여 국무총리 소속으로 대일항쟁기강제동원피해조사및국외강제동원희생자등지원위원회(이하 "위원회"라 한다)를 둔다.

1. 대일항쟁기 강제동원 피해 진상조사 및 피해판정 불능결정에 관한 사항

2. 대일항쟁기 강제동원 피해와 관련된 국내외 자료의 수집·분석 및 유해의 조사와 발굴·수습·봉환에 관한 사항

3. 피해자 및 유족의 심사·결정에 관한 사항

4. 사료관 및 추도공간 조성에 관한 사항

5. 이 법에서 정하고 있는 가족관계등록부의 작성에 관한 사항

6. 국외강제동원 희생자 및 그 유족 또는 미수금피해자 및 그 유족에 해당되는지 여부에 관한 사항

7. 국외강제동원 생환자에 해당되는지 여부에 관한 사항

8. 국외강제동원 희생자의 부상으로 인한 장해의 판정에 관한 사항

9. 위로금등의 지급에 관한 사항

10. 결과보고서 작성 등에 관한 사항

11. 그 밖에 대통령령으로 정하는 사항

제9조(위원회의 구성 및 운영) ① 위원회는 상임위원인 위원장 1명을 포함한 11명 이내의 위원으로 구성하며, 위원은 관계 공무원 및 학식과 경험이 풍부한 사람 중에서 대통령이 임명 또는 위촉한다.

② 위원장은 위원 중에서 대통령이 임명 또는 위촉한다.

③ 위원장은 정무직으로 보한다.

④ 공무원이 아닌 위원의 임기는 2년으로 하되, 연임할 수 있다.

⑤ 위원이 사고로 직무를 수행할 수 없거나 궐위된 때에는 지체 없이 새로운 위원을 임명 또는 위촉하여야 한다. 이 경우 보임된 위원의 임기는 전임위원의 잔여임기로 한다.

⑥ 그 밖에 위원회의 조직 및 운영 등에 필요한 사항은 대통령령으

로 정한다.

제10조(분과위원회) ① 위원회의 업무를 효율적으로 수행하기 위하여 위원회에 분과위원회를 둘 수 있다.

② 분과위원회의 조직 및 운영 등에 필요한 사항은 대통령령으로 정한다.

제11조(위원의 보호 등) ① 누구든지 직무를 행하는 위원·직원 또는 감정인을 폭행 또는 협박하거나 위원 또는 직원에게 업무상의 행위를 강요 또는 저지하거나, 그 직을 사퇴하게 할 목적으로 폭행 또는 협박을 하여서는 아니 된다.

② 누구든지 대일항쟁기 강제동원 피해의 조사와 관련하여 정보를 제공하였거나 제공하려 한다는 이유로 해고·정직·감봉·전보 등 어떠한 불이익도 받지 아니한다.

③ 위원회는 대일항쟁기 강제동원 피해의 조사와 관련한 증거·자료 등의 확보 또는 인멸의 방지에 필요한 대책을 마련하여야 한다.

④ 위원회는 대일항쟁기 강제동원 피해의 실태를 밝히거나 증거·자료 등을 발견 또는 제출한 사람에게 필요한 보상 또는 지원을 할 수 있다. 그 보상 또는 지원의 내용과 절차 등에 필요한 사항은 대통령령으로 정한다.

제12조(위원회 등의 책임면제) 위원회, 위원, 직원 및 위원회의 위촉 또는 위임을 받아 업무를 수행한 전문가, 감정인 또는 민간단체와 그 관계자는 위원회의 의결에 따라 작성·공개된 보고서 또는 공표내용에 관하여 고의 또는 중대한 과실이 없는 한 민사 또는 형사상 책임을 지지 아니한다.

제13조(비밀준수의무) 위원 또는 위원이었던 사람, 위원회 직원이나 직원이었던 사람, 감정인 또는 감정인이었던 사람, 위원회의 위촉에 따라 조사에 참여하거나 위원회의 업무를 수행한 전문가 또는 민간단체와 그 관계자는 그 직무수행 과정에서 알게 된 정보·문서·자료 또는 물건을 다른 사람에게 제공 또는 누설하거나 그 밖에 위원회의 업무수행 외의 목적을 위하여 이용하여서는 아니 된다.

제14조(불이익의 금지) 누구든지 이 법에 따라서 위원회에 한 신청·신고·진술·자료제출 등의 이유로 불이익을 받지 아니한다.

제15조(위원의 직무상 독립과 신분보장) ① 위원은 외부의 어떠한 지시나 간섭을 받지 아니하고 독립하여 그 직무를 수행한다.
  ② 위원은 신체상 또는 정신상의 장애로 업무수행이 현저히 곤란하게 되거나 불가능하게 된 경우 및 형의 선고에 따른 경우를 제외하고

는 그 의사에 반하여 면직되지 아니한다.

③ 위원이 제2항에 따른 신체상 또는 정신상의 장애로 업무수행이 현저히 곤란하게 되거나 불가능하게 된 경우에 해당하는지의 여부는 재적위원 3분의 2 이상의 찬성으로 의결한다.

제16조(위원의 결격사유) ① 다음 각 호의 어느 하나에 해당하는 사람은 위원이 될 수 없다.

1. 대한민국의 국민이 아닌 사람

2. 「국가공무원법」 제33조 각 호의 어느 하나에 해당하는 사람

3. 정당의 당원

4. 「공직선거법」에 따라 실시하는 선거에 후보자(예비후보자를 포함한다)로 등록한 사람

② 위원이 제1항 각 호의 어느 하나에 해당하게 될 때에는 당연히 퇴직한다.

③ 위촉위원이 다음 각 호의 어느 하나에 해당할 때에는 해촉할 수 있다.

1. 심신장애로 인하여 직무수행이 불가능하거나 현저히 곤란하다고 인정될 때

2. 직무태만, 품위손상, 그 밖의 사유로 인하여 위원으로서 적당하지 아니하다고 인정될 때

제17조(위원의 제척·기피·회피) ① 위원은 다음 각 호의 어느 하나에 해당하는 경우에는 해당 심의·결정에서 제척된다.

  1. 위원 또는 그 배우자나 배우자이었던 자가 위로금등의 지급 신청을 한 경우

  2. 위원이 위로금등의 지급 신청인과 친족이거나 친족이었던 경우

  3. 위원이 위로금등 지급 신청에 관하여 당사자의 대리인으로 관여하거나 관여하였던 경우

  ② 위로금등의 지급 신청인은 위원에게 심의·결정의 공정성을 기대하기 어려운 사정이 있는 경우 위원회에 위원의 기피를 신청할 수 있다.

  ③ 위원 본인은 제1항 각 호의 어느 하나 또는 제2항의 사유에 해당하는 경우에는 스스로 위원회의 심의·결정을 회피할 수 있다.

제18조(의결정족수) 위원회는 이 법에 특별한 규정이 있는 경우를 제외하고는 재적위원 과반수의 찬성으로 의결한다.

제19조(위원회의 존속기간 및 조사기간 등) ① 위원회는 2015년 6월 30일까지 존속한다. 다만, 기간 내에 위원회의 업무를 완료하기 어려운 경우에는 국회의 동의를 받아 6개월 이내의 범위에서 1회에 한하여 존속기간을 연장할 수 있다. 〈개정 2011. 8. 4., 2013. 12. 30.〉

② 위원회는 위로금등의 지급을 위하여 2012년 2월 29일까지 대일항쟁기 강제동원 피해의 조사(「일제강점하 강제동원피해 진상규명 등에 관한 특별법」 제12조에 따라 피해신고나 진상조사의 신청을 받은 것에 한한다. 이하 같다)를 완료하여야 한다. 〈개정 2011. 5. 30., 2011. 8. 4.〉

③ 위원회는 제1항 및 제2항에 따른 기간 내에 업무를 완료하기 위하여 위원회의 업무처리 상황과 기간 내 완료를 위한 계획 또는 대책을 매 분기별로 국무총리에게 보고하여야 한다.

④ 제1항에 따라 위원회의 존속기간이 만료되는 당시의 위원회의 소관 사무는 행정안전부장관이 이를 승계한다. 〈개정 2013. 3. 23., 2014. 11. 19., 2017. 7. 26.〉

제20조(사무국의 설치) ① 위원회의 사무를 처리하기 위하여 위원회에 사무국을 둔다.

② 사무국에 사무국장 1명과 그 밖의 필요한 직원을 둔다.

③ 사무국장은 위원회의 의결을 거쳐 위원장의 제청으로 대통령이 임명한다.

④ 소속 직원 중 5급 이상 공무원 또는 고위공무원단에 속하는 일반직공무원은 위원장의 제청으로 대통령이 임명하며, 6급 이하 공무원은 위원장이 임명한다.

⑤ 사무국장은 위원장의 지휘를 받아 사무국의 사무를 관장하며 소속 직원을 지휘·감독한다.

제21조(직원의 신분보장) 위원회의 직원은 형의 선고·징계처분 또는 위원회의 규정으로 정하는 사유에 따르지 아니하고는 그 의사에 반하여 퇴직·휴직·강임 또는 면직을 당하지 아니한다.

제22조(신고 및 신청의 각하) ① 위원회는 대일항쟁기 강제동원 피해의 조사나 제27조에 따른 위로금등의 지급 신청이 다음 각 호의 어느 하나에 해당하는 경우에는 이를 조사하지 아니하고 각하할 수 있다.

1. 신고나 신청이 위원회의 조사대상에 속하지 아니하는 경우

2. 신고나 신청의 내용이 그 자체로서 명백히 거짓이거나 이유 없다고 인정되는 경우

3. 위원회가 각하한 신고나 신청과 동일한 사실에 관하여 다시 신고 또는 신청하였던 경우. 다만, 신고인 또는 신청인이 종전의 신고 또는 신청에서 제출하지 아니한 중대한 소명자료를 갖춘 경우에는 그러하지 아니하다.

② 위원회는 조사를 개시한 후에도 그 신고 또는 신청이 제1항 각 호의 어느 하나에 해당하게 된 경우에는 그 신고 또는 신청을 각하할 수 있다.

제23조(피해진상조사 방법 등) ① 위원회는 피해진상조사 및 위로금 등의 지급심사를 위하여 다음 각 호의 조치를 할 수 있다.

　1. 신청인·증인 및 참고인 등에 대한 진술서 제출요구, 출석요구, 증언 또는 진술청취

　2. 관계인, 관계 기관·시설·단체 등에 대한 관련 자료 또는 물건의 제출 요구

　3. 대일항쟁기 강제동원 피해가 발생한 장소 등에 대한 실지조사

　4. 사망자의 유족이 아닌 자로서 피해자의 유해를 보관하거나 유해의 소재를 알고 있는 자 또는 단체 등에 대한 관련 자료 및 유해의 제출 요구

　5. 행정기관이나 그 밖의 관계 기관에 필요한 협조 요청

　6. 감정인의 지정 및 감정의뢰

② 위원회는 필요하다고 인정하는 때에는 위원 또는 소속 직원에게 제1항 각 호의 조치를 하게 할 수 있다.

③ 제1항제2호부터 제5호까지의 규정에 따라 관련 자료나 물건 또는 유해의 제출, 필요한 협조를 요구받은 관계 기관 등의 장은 대통령령으로 정하는 특별한 사유가 없는 한 이에 응하여야 하고, 관련 자료의 발굴 및 열람, 실지조사를 위하여 필요한 편의를 제공하여야 한다.

④ 제1항제2호에 따라 제출요구를 받은 관계 기관 등의 장은 그 자

료가 외국에서 보관하고 있는 것일 경우에는 해당 국가의 정부와 성실히 교섭하여야 하며, 그 처리결과를 위원회에 통보하여야 한다.

⑤ 위원회는 관계 기관을 통하여 외국의 공공기관이 보관하고 있는 자료에 관하여 해당 국가의 정부에 그 공개를 요청할 수 있다.

⑥ 위원회는 피해자의 유해 정보를 취합·관리하며, 피해자의 유족에게 해당 정보를 제공할 수 있다.

제24조(신고 및 신청의 기각) 위원회는 대일항쟁기 강제동원 피해의 신고나 신청을 조사한 결과 그 내용이 다음 각 호의 어느 하나에 해당하는 경우에는 그 신고 또는 신청을 기각하여야 한다.

1. 신고 또는 신청 내용이 사실이 아님이 명백하거나 사실이라고 인정할 만한 객관적인 증거가 없는 경우

2. 대일항쟁기 강제동원 피해에 해당하지 아니하는 경우

3. 피해진상조사가 적절하지 아니한 경우로서 대통령령으로 정하는 경우

제25조(피해진상조사 및 피해판정 불능결정) ① 위원회는 대일항쟁기 강제동원 피해의 진상을 명백히 밝히지 못하거나 밝힐 수 없는 경우 조사불능임과 그 사유를 기재한 결정을 하여야 한다.

② 위원회는 피해자 및 친족이 피해신고를 하였던 경우에 피해의 진상을 명백히 밝히지 못하거나 밝힐 수 없는 경우 피해판정 불능임

과 그 사유를 기재한 결정을 할 수 있다.

③ 위원회는 제1항 및 제2항의 결정 이후 대일항쟁기 강제동원 피해를 증명할 수 있는 새로운 자료가 발견된 경우 피해신고인 또는 진상조사 신청인의 신청에 의하거나 직권으로 재조사할 수 있다.

제26조(결정 등) ① 위원회는 해당 피해에 대한 조사를 완료한 때에는 다음 각 호의 사항을 결정하여야 한다.

1. 대일항쟁기 강제동원 피해 여부

2. 해당 피해의 원인·배경

3. 피해자 및 유족

② 위원회는 제1항의 결정을 한 후, 필요한 경우 피해진상조사 등에 대하여 공표하거나 대통령과 국회에 보고할 수 있다.

제27조(위로금등의 지급 신청) ① 위로금등을 지급받으려는 사람은 대통령령으로 정하는 증거자료를 첨부하여 서면으로 위원회에 위로금등의 지급을 신청하여야 한다.

② 제1항에 따른 위로금등의 지급 신청은 2014년 6월 30일 이내에 하여야 한다. 다만, 위원회가 피해자 및 유족에 관하여 조사 중인 경우에는 제29조에 따라 결정서 정본을 받은 날부터 60일 이내에 위로금등의 지급을 신청할 수 있다. 〈개정 2011. 5. 30., 2011. 8. 4.,

2013. 12. 30.〉

③ 위원회는 제1항에 따라 제출된 신청서와 그 밖의 관련 증거자료에 미비한 사항이 있다고 판단할 때에는 그 신청인에게 보완하여야 할 사항 및 기간을 명시하여 이를 보완할 것을 요구할 수 있다. 이 경우 보완기간은 60일 이내로 하되, 보완과 관련된 사항을 철저히 안내하여야 한다.

④ 그 밖에 위로금등의 지급 신청에 필요한 사항은 대통령령으로 정한다.

제28조(위로금등 지급 신청의 심의와 결정) ① 위원회는 위로금등의 지급 신청을 받은 날부터 6개월 이내에 지원 여부와 그 금액을 심의·결정하여야 한다. 다만, 그 기간 내에 결정할 수 없는 정당한 사유가 있는 경우에는 위원회의 결정으로 1회에 한하여 90일의 범위에서 심의·결정기간을 연장할 수 있고, 피해자 및 유족에 관하여 조사 중인 경우에는 그 조사가 끝날 때까지 심의·결정기간을 연장할 수 있다.

② 제27조제3항에 따라 신청인이 신청서류를 보완하는 경우에는 보완된 서류를 받은 날을 지급 신청일로 본다.

③ 그 밖에 심의·결정에 필요한 사항은 대통령령으로 정한다.

제29조(결정서 송달 및 재심의) ① 위원회는 제22조에 따른 각하결정,

제24조에 따른 기각결정, 제25조에 따른 피해진상조사 및 피해판정 불능결정, 제26조에 따른 피해자 및 유족의 결정, 제28조에 따른 위로금등의 지급 여부의 결정을 한 경우에는 지체 없이 그 사유를 명시하여 그 결정서 정본을 신고인 또는 신청인에게 송달하여야 한다.

② 제1항의 송달에 관하여는 「민사소송법」의 송달에 관한 규정을 준용한다.

③ 피해신고인이나 피해진상조사신청인이었던 사람이 사망하였거나 소재불명인 경우에는 그 배우자 또는 직계존비속에게 송달하여야 한다.

④ 위원회는 제1항 및 제3항에 따른 송달을 할 때에 송달대상자에게 재심의신청의 제기 및 그 절차와 기간, 그 밖에 필요한 사항을 알려야 한다.

⑤ 제1항 및 제3항에 따라 결정서를 받은 사람은 받은 내용에 이의가 있는 경우 결정서를 받은 날부터 60일 이내에 위원회에 서면으로 재심의신청을 할 수 있다.

⑥ 제5항에 따른 위원회의 재심의 결정은 60일 이내에 하여야 한다. 다만, 그 기간 내에 결정할 수 없는 정당한 사유가 있는 경우에는 위원회의 결정으로 1회에 한하여 30일의 범위에서 재심의 결정기간을 연장할 수 있다.

⑦ 재심의 결정서의 송달에 관하여는 제1항 및 제2항을 준용한다.

⑧ 제4항부터 제6항까지의 규정에 따른 재심의신청의 절차에 필요한 사항은 대통령령으로 정한다.

제30조(신청인의 동의와 위로금등의 지급) ① 결정서 정본을 송달받은 신청인이 위로금등을 지급받으려는 경우에는 그 결정에 대한 동의서를 첨부하여 위원회에 위로금등의 지급을 청구하여야 한다.

② 위로금등의 지급에 관한 절차 등에 필요한 사항은 대통령령으로 정한다.

제31조(위로금등을 지급받을 권리의 보호) 위로금등을 지급받을 권리는 양도 또는 담보로 제공하거나 압류할 수 없다.

제32조(조세 면제) 위로금등에는 「조세특례제한법」에서 정하는 바에 따라 국세 및 지방세를 부과하지 아니한다.

제33조(소멸시효 등) ① 위로금 및 미수금 지원금을 지급받을 권리는 결정서 정본이 신청인에게 송달된 날부터 1년간 행사하지 아니하면 시효의 완성으로 소멸한다.

② 제6조에 따른 의료지원금을 지급받을 권리는 제27조제1항에 따른 지급 신청을 한 날부터 발생한다.

제34조(환수 등) ① 국가는 위로금등을 지급받은 사람이 다음 각 호의 어느 하나에 해당하는 경우에는 그가 받은 위로금등의 전부 또는 일부를 환수할 수 있다.

1. 거짓이나 그 밖의 부정한 방법으로 위로금등을 지급받은 경우

2. 착오나 그 밖의 사유로 잘못 지급된 경우

② 국가가 제1항에 따라 위로금등을 환수하는 경우에는 「국세징수법」을 준용한다.

제35조(결과보고서 작성 등) ① 위원회는 제19조에 따른 존속기간이 만료되는 날부터 6개월 이내에 위원회의 활동에 관한 종합적인 결과보고서를 작성하여 대통령과 국회에 보고하고, 이를 공표하여야 한다.

② 제1항에 따른 보고서에는 이 법 시행 전의 일제강점하강제동원피해진상규명위원회와 태평양전쟁전후국외강제동원희생자지원위원회의 활동에 관한 사항을 포함하여야 한다.

③ 제1항에 따른 보고서에 포함되는 내용은 대통령령으로 정한다.

제36조(유사명칭의 사용금지) 위원회가 아닌 자는 대일항쟁기강제동원피해조사및국외강제동원희생자등지원위원회 또는 이와 유사한 명칭을 사용하지 못한다.

제37조(피해자 관련 재단지원 등) 정부는 대일항쟁기 강제동원으로 인하여 사망한 자를 추도하고 역사적 의미를 되새겨 평화와 인권을 신장하기 위한 다음 각 호의 사업을 시행하거나 이 사업을 수행할 목적으로 설립되는 재단에 필요한 비용을 예산의 범위에서 출연하거나 보조할 수 있다. 〈개정 2011. 8. 4., 2014. 12. 30.〉

1. 추도공간(추도묘역·추도탑·추도공원)의 조성 등 위령사업
2. 대일항쟁기 강제동원 피해 사료관 및 박물관의 건립
3. 일제강제동원 피해와 관련한 문화·학술 사업 및 조사·연구 사업
4. 그 밖의 관련 사업

[제목개정 2011. 8. 4.]

제38조(가족관계등록부의 작성) 대일항쟁기 강제동원 피해로 인하여 가족관계등록부가 작성되어 있지 아니하거나 가족관계등록부에 기재된 내용이 사실과 다르게 된 경우 다른 법령에도 불구하고 위원회의 결정에 따라 대법원규칙으로 정하는 절차에 따라서 가족관계등록부의 작성이나 기록의 정정을 할 수 있다.

제39조(공무원의 파견 등) ① 위원장은 위원회의 업무수행을 위하여 필요하다고 인정하는 경우에는 국가기관 또는 지방자치단체의 장에게 소속 공무원의 파견근무 및 이에 필요한 지원을 요청할 수 있다.

이 경우 파견요청 등을 받은 국가기관 또는 지방자치단체의 장은 업무수행에 중대한 지장이 없는 한 이에 따라야 한다.

② 제1항에 따라 공무원을 파견한 국가기관 또는 지방자치단체의 장은 위원회에 파견된 사람에게 인사상 불리한 조치를 하여서는 아니 된다.

제40조(권한의 위임·위탁) ① 위원회는 업무를 처리하는 경우 필요하다고 인정할 때에는 대통령령으로 정하는 바에 따라 그 업무의 일부를 특별시장·광역시장·도지사·특별자치도지사나 시장·군수·구청장(자치구의 구청장을 말한다)에게 위임할 수 있다.

② 위원회는 대통령령으로 정하는 바에 따라 위로금등의 지급에 관한 사무를 금융회사 등에 위탁할 수 있다.

제41조(벌칙 적용에서의 공무원 의제) 공무원이 아닌 위원회의 위원 또는 직원은 「형법」 제129조부터 제132조까지의 규정에 따른 벌칙의 적용에서는 공무원으로 본다.

제42조(벌칙) ① 제11조제1항을 위반하여 직무를 행하는 위원·직원 또는 감정인을 폭행 또는 협박하거나 위원·직원 또는 감정인에 대하여 그 업무상의 행위를 강요 또는 저지하거나 그 직을 사퇴하게

할 목적으로 폭행 또는 협박한 자는 5년 이하의 징역 또는 2천만원 이하의 벌금에 처한다.

② 거짓이나 그 밖의 부정한 방법으로 위로금등을 지급받거나 받게 한 자는 5년 이하의 징역 또는 2천만원 이하의 벌금에 처한다.

③ 제2항의 미수범은 처벌한다.

④ 제13조를 위반한 자는 2년 이하의 징역 또는 1천만원 이하의 벌금에 처한다.

제43조(과태료)   ① 다음 각 호의 어느 하나에 해당하는 자에게는 1천만원 이하의 과태료를 부과한다.

1. 정당한 사유 없이 제23조제1항제3호에 따른 실지조사를 거부·기피한 자

2. 정당한 사유 없이 제23조제1항제4호에 따른 유해 및 관련 자료의 제출을 거부한 자

3. 제36조를 위반하여 유사명칭을 사용한 자

② 제1항에 따른 과태료는 대통령령으로 정하는 바에 따라 위원장이 부과·징수한다.

▲ **부칙〈제14839호, 2017. 7. 26.〉(정부조직법)**

제1조(시행일) ① 이 법은 공포한 날부터 시행한다. 다만, 부칙 제5조에 따라 개정되는 법률 중 이 법 시행 전에 공포되었으나 시행일이 도래하지 아니한 법률을 개정한 부분은 각각 해당 법률의 시행일부터 시행한다.

제2조부터 제4조까지 생략

제5조(다른 법률의 개정)

①부터 〈57〉까지 생략

〈58〉 대일항쟁기 강제동원 피해조사 및 국외강제동원 희생자 등 지원에 관한 특별법 일부를 다음과 같이 개정한다.

제19조제4항 중 "행정자치부장관"을 "행정안전부장관"으로 한다.

〈59〉부터 〈382〉까지 생략

제6조 생략

아태평화교류협회가 걸어온 길

2004   강제동원 희생자 자료 수집 및 유골 조사 착수

2005 ~ 2006 통계자료 분석 및 명부 파악(한·일 위원회 구성)

2007   태평양전쟁 희생자봉환위원회 구성

2008   일본 시즈오카 철광산 강제동원 희생자 유골 수습

2009 8월   일본 시즈오카 철광산 강제동원 희생자 유골 110위
국내 봉환 안치

(사)한일공동평화교류협회 설립(2010년 2월 승인)

일본 후쿠시마 석탄광산 강제동원 희생자 유골 수습

남태평양 강제동원 희생자 유해 발굴 및 수습

2010   필리핀 강제동원 희생자 유해 발굴 수습

일본 후쿠시마 탄광 강제동원 희생자 유골 31위 국내 봉환
안치

2011   일본 도호쿠 한인 희생자 무덤 발굴 및 홋카이도 희생자
조사, 유골 수습

2012   일본 후쿠시마현 이와키 한인 무덤 유해 발굴 착수
(약 300인)

1차 110위 국내 봉환(2009. 8. 25)

2차 유골 수습을 위한 조사 활동(2010)

일본 후쿠시마현 이와키 유해 발굴(2012. 12)

2012	6월	한·중·일 평화와 공존의 미래를 지향하는 유관단체 및 기업 평화대회 개최
		(사)아태평화교류협회 단체 명칭 변경
	12월	후쿠시마현 이와키 탄광 강제동원 희생자 유골 36위 국내봉환 안치
2013		일본 동북5현(아오모리·미야기·아와테·아키다·야마가다) 희생자 전수 조사 및 유골 수습
2014		일본 홋카이도·규슈·오키나와 희생자 조사 및 유골 수습
2015	5월	광복 70주년 유골 봉환 자료전시
		일본 강제동원 시설(군함도 등 7개) 세계문화유산 등재 반대 범국민 서명운동(서울역 광장, 서울시청 광장 등)
	8월	광복 70주년 유골 봉환 자료전시
		대일항쟁기위원회 소장 강제동원 기록물 유네스코 기록유산 등재 및 대일항쟁기위원회 존속을 위한 범국민 서명운동(국회의원회관 등)
	10월	대일항쟁기위원회 존속 및 강제동원 희생자 추모공원 건립을 위한 범국민 추진위원회 발대식 국제대회 개최
	12월	일본 홋카이도·간사이 강제동원 희생자 유골 실태 조사
		대일항쟁기위원회 존속을 위한 청와대 및 국회 청원서 제출(3만5,000명 서명 포함)
2016	6월	유골봉환 자료 전시 및 강제동원 희생자 추모공원 건립 범국민 서명운동(서울 서초구청, 경기도 화성시청)

3차 36위 국내 봉환(2012. 12. 28)

대일항쟁기위원회 존속을 위한 국회 청원서 제출(2015. 12. 2)

강제동원 희생자 유골봉환 사진자료 전시회(2016. 6, 서초구청)

2016	필리핀 유해 발굴 및 중국 하이난다오 천인갱 희생자 실태 조사
2017	중국 심양·단둥·다롄·베이징·칭다오 등 8개소 지부 설립 및 강제동원 실태 세미나 개최
	일본 홋카이도·규슈 강제동원 희생자 유골조사 수습
2018	중국 심양·단둥, 필리핀 지부 간담회 및 세미나 개최
	일본 후쿠오카 강제동원 희생자 실태조사
	북한 '조선아시아태평양평화위원회' 초청 일제 강제동원 실태 및 진상 규명 세미나 참석

북한 '조선아시아태평양위원회' 초청 평양 방문. 개선문 위에서
(2018. 8)

일제 강점기 강제동원 희생자 유골봉환 초혼가

산산이 부서진 이름이여

2018년 10월 1일 초판 1쇄 펴냄
2019년 3월 4일 초판 2쇄 펴냄

펴낸이	김재범
펴낸곳	(주)아시아
지은이	안부수
편집	김형욱 강민영
관리	강초민 홍희표
출판등록	2006년 1월 27일 제406-2006-000004호
인쇄·제본	굿에그커뮤니케이션
종이	한솔 PNS
디자인	나루기획

전화	02-821-5055
팩스	02-821-5057
주소	경기도 파주시 회동길 445(서울 사무소: 서울시 동작구 서달로 161-1 3층)
이메일	bookasia@hanmail.net
홈페이지	www.bookasia.org
페이스북	www.facebook.com/asiapublishers

ISBN	979-11-5662-380-9 03800

이 도서의 국립중앙도서관 출판도서목록(CIP)은 서지정보유통지원시스템 홈페이지(http://seoji.nl.go.kr)와
국가자료공동목록시스템(http://www.nl.go.kr/kolisner)에서 이용하실 수 있습니다.
(CIP제어번호: CIP2016024658)